〖中华诗词存稿·地域专辑〗

中华诗词学会 编

海南诗词选

（下）

海南诗词学会 编

图书在版编目（CIP）数据

海南诗词选．下 / 海南诗词学会编．-- 北京：中国书籍出版社，2020.8

（中华诗词存稿）

ISBN 978-7-5068-7886-9

Ⅰ．①海… Ⅱ．①海… Ⅲ．①诗词—作品集—中国 Ⅳ．①I22

中国版本图书馆 CIP 数据核字 (2020) 第 107983 号

海南诗词选·下

海南诗词学会 编

责任编辑　李国永
责任印制　孙马飞　马　芝
封面设计　采薇阁
出版发行　中国书籍出版社
地　　址　北京市丰台区三路居路 97 号（邮编：100073）
电　　话　（010）52257143（总编室）（010）52257140（发行部）
电子邮箱　eo@chinabp.com.cn
经　　销　全国新华书店
印　　刷　北京虎彩文化传播有限公司
开　　本　710 毫米 ×1000 毫米 1/16
字　　数　232 千字
印　　张　22
版　　次　2020 年 8 月第 1 版　2020 年 8 月第 1 次印刷
书　　号　ISBN 978-7-5068-7886-9
定　　价　498.00 元（全 2 册）

目　　录

陈世豪

陈世豪，1946 年生，海南省海口市人。海口市秀英诗联学会会员。

鹧鸪天·瞻仰烈士纪念碑

丁亥清明到罗经，碑前肃立寄衷情。抚今忆昔承遗志，继往开来有后生。　　山翠绿，水澄清，一腔热血步征程。告知烈士金瓯固，国力增强如日升。

清平乐·祝“嫦娥”奔月圆满成功

嫦娥奔月，万众齐欢悦。圆梦飞天今又是，科技成功卓越。　　蓝图描绘神州，超前伟业千秋。试看卧龙崛起，翻腾击水中流。

采桑子·新年感怀

神州正是风光好，海晏河清，社会升平，前景当前分外明。　　回眸改革卅年月，党引征程，众志成城，共振炎黄策复兴。

陈仕位

陈仕位，海南省琼海市人。供职于海南省烟草公司琼海公司。现为琼海市诗词学会、海南省诗词学会会员。

燕归来

飘洋越海恋天涯，不忘三春锦绣花。
多少楼台浓绿处，依稀还认旧人家。

木麻黄

如针绿叶露锋芒，耐旱经寒气势昂。
屹立荒滩风雨洗，护持水土万家彰。

镜　子

形状方圆脸发光，不容污点暗中藏。
人生总得修行好，借镜明心道吉祥。

台　秤

一身重担不吭声，接物待人最热情。
铁面无私堪赞许，但凭星点报公平。

陈必璠

陈必璠，1940 年生，儋州洋浦人。小学教师，曾任教导主任。中华诗词学会会员。

谒杜甫草堂

草堂肃穆气高轩，万里虔诚谒圣贤。
叹国沉沦诗带泪，哭民流落谏频言。
心连茅屋情悲壮，笔系朝廷义颂传。
名句绝篇辉典籍，丹心耿耿照人间。

访五公祠感怀

孤浮海外地蛮荒，放逐忠臣倍感伤。
伐政诛奸遭贬谪，忧民爱国博褒扬。
崇高品格垂青史，不屈精神透晚芳。
第一楼中添正气，美名传颂万年长。

陈亚博

陈亚博，1976年生，海南乐东人。农民。以“蹬的”为业。

小 溪

小小清溪数曲弯，低吟一路似弦弹。
心牵百姓田畴绿，民富家丰意自欢。

叶

编青织翠在枝头，历夏经冬意自悠。
待到枯黄飘落地，成泥润物志犹酬。

三亚港红树林颂

一到天涯便止踪，相依良港意情浓。
经寒历暑森森绿，净化尘寰献己躬。

无泪竹

青枝挺秀四时春，劲节虚怀拂彩云。
任是风摧兼雨打，何曾见得泪斑痕。
瘠野荒坡寄此生，盘根拔节叶长青。
竿竿茁壮成林日，为利千家见挚情。

陈则善

陈则善，海南省东方市人，1925 年生。一生从教。现为东方市诗词学会名誉副会长，著有《一言诗词联选》和《一言诗词续选》二书。

中秋月夜感怀

中秋气象清，信步在园庭。
树动知风到，影移识月行。
诗书常作伴，笔墨永为朋。
屈指古稀过，所欣不染缨。

游广坝湖

一叶泛湖中，逍遥任去从。
香闻全岭蜜，红透满天空。
烟雾青峰绕，清波碧落穷。
白鸥浮绿水，朱鹤闹苍松。

登尖峰岭

登上尖峰岭，胸怀格外宽。
丛林争吐艳，大海远飞湍。
稻菽田间笑，牛羊草地欢。
天池春不老，游客乐忘还。

思 过

天下未完人，圣贤亦染尘。
三思常日省，一过每时抨。
多作黎民颂，莫为狼虎吟。
浑身灰荡尽，万世有垂荫。

陈廷文

陈廷文，海南省万宁市人，1955年生。曾任万宁市国有工业管理中心副主任。中华诗词学会会员，海南省诗词学会理事。

丁亥春读叶先生赠诗有感

洋洋三百句，品韵又评书。巨笔呈高范，清辉映敝庐。
怡神盆内景，悦目掌中珠。展翅翔天地，扬帆济海湖。
常磨刀剑锐，少练曲拳疏。艺苑新苗竞，方塘死水除。
谈诗初赞叹，论画复惊呼。妙境时时现，幽香处处浮。
纵收针利害，褒贬入肌肤。厚谊萦斋阁，华章照玉壶。
萧萧寒气却，习习煦风梳。绿地宜遴种，春阳正举锄。
栽芳君特健，植翠我非孤。共养长虹气，同奔大雅途。
期生云与月，欲采果和蔬。欣染宋唐翰，思当李杜徒。
亟将青鸟遣，恳把慕情舒。待客无佳宴，烹茶有锦炉。
轻歌乡市变，曼舞古今殊。促膝叨骚学，开怀揽俊儒。
千斤金易得，一寸晷难沽。切切相邀意，兄能屈莅无？

春游兴隆二题

温泉景区

熏风撩雅兴，信步入蓬莱。
境靓愁难觅，泉温窍欲开。
栽香蜂蝶乱，织翠燕莺来。
奇妙休闲处，趋之莫妄猜。

热带花园

意在凡尘外，身临蜃景中。
莺歌千树绿，蝶恋万花红。
赏戏堪邀月，观鱼可揽风。
春潮欣浩荡，来日看兴隆。

重游神州半岛

胜境寻芳趁晓清，丹花碧水笑相迎。
惊眸意象诗重构，撼地春潮梦复生。
星月交辉儿女态，鹭鸥挽客海天情。
二更未觉朦胧醉，犹恋三湾鼓浪声。

作客黎家

青鸟频邀意态殷，山村一日动歌吟。
楼宽屡漫巴人调，宴盛时闻海味馨。
后岭广栽株挂玉，前畴普灌水流银。
兴农善政千秋笔，皴染纵横天地新。

椰林湾赏红树林

浪吻根基壮，风摩绿意浓。
从容看涨落，含笑劫波中。

参观文明生态村（二首）

（一）

楼舍排排耸碧空，鱼欢槟笑柿椒红。
文明雨露湔穷困，生态新村入画中。

（二）

花枝挽袖夕阳斜，欲去还留积善家。
墙燕呢喃传友意，明春再约品流霞。

陈传贵

陈传贵，海南省琼海市人，1940年出生。企业退休干部，曾在香港合成集团有限公司任职。现为琼海市诗词学会会员。

题妻子红领巾照

稚气崇新风，领巾映面红。
儿时多少事，相对笑谈中。

陈庆佑

陈庆佑，海南澄迈人，1961 年生。现任职澄迈县建设局。海南省诗词学会会员。

咏美文生态文明村

画笔时文绘壮观，参天古木唱新蝉。
白鹅绿水相怡趣，老树新居两映酣。
椰子三心藏绝景，槟榔万本尽欢颜。
家园亮丽春如海，天地和谐百事安。

陈汝瑞

陈汝瑞，海口市人，1935年生。当过教师。海南省诗词学会会员。

荔枝丰收喜咏

红红绿绿挂枝头，肉脆味甜引客稠。
百里羊山丹荔熟，家家户户报丰收。

陈如德

陈如德，海南文昌人，1937 年生。职业医生。第七届文昌市政协委员，文昌市中华诗文学会副会长兼秘书长。著有文艺通讯集《椰海扬帆》、诗文集《岁月如歌》。

椰乡新貌

拾级登临紫贝峰，风光不与昔时同。
不闻古刹钟催晓，唯见琼楼势卷虹。
蔚茁人文除陋俗，腾飞经济乐归鸿。
椰乡处处呈新貌，花笑江欣丽日彤。

瞻仰五公雕像有感

莫嗟君主负孤忠，千古民心向五公。
奸佞身名海外废，贤臣德义岭南钟。
凌云劲节惊人杰，耀日奇文慑鬼雄。
冥纸高烧堪笑止，清官岂会纳红封！

咏铜鼓岭鹧鸪茶

餐风茹露海山巅，坦荡胸襟爱自然。
不与红花争艳色，愿将绿叶化芳涓。
味从橄榄消烦暑，气近蕙兰涤秽膻。
素念人间行客苦，长供云路一瓢泉。

满江红·椰树颂

仪态亭亭，英豪气、凌空张翠。经岁月、狂风暴雨，从无惊惧。凤尾龙腰招客意，琼浆玉液留人醉。展修羽、秀色壮天涯，春无极。　　勤奉献，标劲节；开富路，广生计。看寻常一树，万人歌誉。办事为民甘尽瘁，居功不傲持本色。耸天涯、壮志永凌霄，千秋碧。

水调歌头·铜鼓放舟

铜鼓多名胜，雅集作悠游。海天潮涨增色，碧浪放轻舟。峭壁危岩奇异，怪石凭空倒立，造化意深幽。问石默无语，遥指七星洲。　　欣晴日，波澜阔，翥沙鸥。江山指点，清本激浊赖谁谋？万里山河锦绣，代有人才辈出，谁更为民忧。飞棹掀惊浪，共济大同舟。

水调歌头·博鳌行（二首）

（一）

博鳌水城秀，挚友约闲游。海陬烟渚棋布，三水汇东流。玉带沙滩潮急，扶径鲜花草地，椰翠耸琼楼。海阔天空碧，鸥鹭逐归舟。　　毂来去，餐玉馔，宿绮楼。升平怡悦，卡拉清唱壮歌喉。回忆桃园义结，寻梦登天揽月，壮志白头酬。天意随人愿，一雨霁凉秋。

（二）

水绿万泉秀，螺髻起芳洲。凝眸天海无际，碧浪纵飞舟。椰岸瑶池宫阙，难忘今宵景色，潮涨翥沙鸥。英杰留佳句，博鳌竞风流。　　论经贸，求发展，走环球。通商缔约，握手微笑泯恩仇。回顾沧桑今昔，古朴荒贫飞越，世纪展宏猷。开发成胜地，接踵看金秋。

水调歌头·游桂林

山水甲天下，八桂早名传。凝眸叠翠奇嶂，突兀矗云岚。江似青罗飘带，情系平湖楼寨，绕廓水回环。最喜喷泉处，飞瀑幻仙凡。　城无夜，明珠灿，焕斑斓。车龙贯道，免费巴士游客繁。秋劲满城桂馥，神话幽岩鬼斧，无处不奇观。往返留连久，看鹭送归船。

陈运乾

陈运乾，海南乐东人，1953年生。曾任海口市政府副秘书长，海口市计划生育局局长。海南省诗词学会会员。

满庭芳·胶树吟

溜雨苔斑，参天色黛，浑树未见娇华。荒山野岭，随遇把根扎。有赖英雄际会，迎宾客，宝岛安家。曾记否，银锄落处，汗水催新芽？ 霜寒几度播弄，飞叶自护，春风又发。舍身等闲事，玉乳朝霞。胜似冰魂雪魄，人堪赞、品质清嘉。今若是，凌空纵览，翠盖满珠崖。

陈学军

陈学军，海口市人，1965 年生。现任海口市秀英区人大常委会办公室主任。海南省诗词学会会员，海口市秀英区诗词对联学会常务理事、副秘书长。

调笑令·斥北约借口人道轰炸南联盟

人道，人道，滥炸揭穿假貌。农村工厂夷平，
强权政治暴行。行暴，行暴，世界和平难保。

陈修发

陈修发，海南文昌市人，1921年生。抗日期间曾旅居泰国，后回国读书，中大师院毕业。1949年回文昌教书，历任琼台师范、海口一中、海南侨中校长多年。曾任海南民盟副主委兼秘书长，海南省政协委员、文史委副主任等职。中华诗词学会会员，中国楹联学会会员，曾任海南省诗词学会副会长，海南楹联学会会长。诗词著作有《海韵椰情》（三人合集）和《椰魂草》。

海椰吟

余乃海之子，椰林是吾乡。村连东溟阔，天远云帆张。
天味林园中，高株万颗黄。长镰直可摘，玉罍捧琼浆。
琼浆酿九天，玉屑仙露泉。屡邀刁童玩，偷作桃宴仙。
放牛北坡上，牧歌南溪前。翠荫无须赊，灼炎风翼翻。
更讶爬龙干，攀猴欲上天。卷叶当唢呐，悠悠笛声传。
牝牛耸耳听，小犊狂舞旋。飓母秋更猛，扑来千万兵。
雨急似鸣镝，风狂如旋龙。御敌椰似海，断腰魂为雄。
纵倒根附地，强崛起复生。少小意气盛，思学此英风。
不期皤鬓发，愧酬此初衷。长年外作客，今日探家还。
老怀海椰恋，赋此记幼年。

访石山

石山盘亘数十里，游龙蟠屈低复起。
怪石嶙峋千万奇，草树幽姿呈岩隙。
数闻鸣呼林间鸠，屡见跳踉羊飞壁。
芳枝何处羞掩面，送来幽香扑客鼻。
披鳞农户石垒墙，荦确山道绕前室。
室前翻石得圃园，喜见佳果枝叶密。
探山余兴访火口，马鞍洞府深有几?
犹惊当年焰破岩，地动山摇烹天日。
此处今遗万古迹，悠悠思骋良久立。

古　榕

夺目奇榕显古姿，盘根茂叶聚生机。
逞威酷日张天伞，肆虐狂风撑干枝。
不慕高标竞独秀，但消炎燠送凉滋。
排空几树金岗上[1]，历数风雷孰有知。

【注】

①金岗，即金岗岭，现侨中所在地。

环岛纪游

环岛驱车千里行，椰情海韵笑相迎。
穿林披翠胶园好，越岭铺青茶垅荣。
稻谷摇田风细软，犊牛鸣野草丰盈。
山村喜见添新屋，绿女红男笑语轻。

重访琼台师范（二首选一）

秀色盈庭花锦堆，奎星楼下意徘徊[①]。
凭高漫把栏杆拍，犹恋旧巢一燕归。

【注】
①余任校长期间曾住奎星楼。

归车拾遗

一路归车喜拾遗，雕弓裙桶一囊诗。
榴红又是端阳近，道过永兴买荔枝。

通什晨眺

寒灯几点唱晨鸡，环岭连天烟雨迷。
南圣江声吟细细，青盘玉笋出高低。

观琼剧《红叶题诗》（三首）

（一）

一叶题诗见素诚，心随流水影亭亭。
痴情喜得同心侣，讵料难酬百岁盟。

（二）

只缘歹念起昏王，又教人间遗恨长。
莫说鸳鸯多弱质，波心情烈见刚肠。

（三）

幸蒙高手为揄扬，戏苑欣看出妙章。
更有女伶声韵绝，高歌一曲逐云翔。

西江月·红树林

浅海离离红树，青林郁郁迷宫。风狂浪激自从容，护岸绿城不动。　港汊当年水寨，红旗抗日英雄。蛟龙出没觅无踪，歼敌传奇种种。

鹧鸪天·约翰施特劳斯交响乐团访华音乐会

曲管繁弦配鼓钲，乐章交奏遏云行。轻盈有似风飘絮，急促犹如马疾腾。　春意发，雨初晴，鸣莺空谷静中听。怡神一曲舒长袖，多瑙波蓝潮荡平。

陈俊民

陈俊民，海南万宁人，1933年生。曾为中学语文教师。中华诗词学会会员。

十七大感咏

盛会环球瞩，尧天遍地红。群贤谋国是，良策沐春风。
旧世豺狼闹，萧墙灾祸重。山河含碧血，文物叹哀声。
赤县惊雷急，沙场战鼓鸣。毛公驱众敌，邓总惠苍生。
两制光青史，千秋誉美名。香港归禹甸，澳门还故宗。
三峡呈异彩，青藏滚银龙。科技出奇迹，飞舟逛太空。
东输西电巧，北调南水功。牧副渔林旺，粮棉果菜丰。
富民废农税，免费振黉宫。衣食诸家足，城乡百业兴。
丛林生态好，低保恤情浓。坦道轻车疾，华灯彻夜明。
高楼村落涌，老汉韵音清。玉渠长流溢，平畴万绿秾。
惩凶严法制，崇德砺精兵。奥运中华耀，夺魁豪气雄。
和谐齐发展，友爱共繁荣。四化宏图现，九垓旭日升。
艰辛昌伟业，改革焕新容。特色神州路，辉煌震外中。

赞万城

大地新姿美，万州如丽宫。
街长飘玉带，灯耀赛霓虹。
广厦连天宇，笙歌彻太空。
全民挥彩笔，春在画图中。

陈冠贤

陈冠贤，海南临高人，1930年生。曾任儋县公安局副局长、政委等职。中华诗词学会会员，儋州市诗联学会顾问。

香港之旅感赋

还珠十载又重游，汹涌香江依旧流。
隧道横穿跨大海，崇山耸立映高楼。
自由贸易商机好，经济繁荣景色稠。
莫视小龙腾巨浪，舞姿优美定超欧。

滴翠风光

大宁河畔景清新，树木参差影是邻。
泛绿层林人欲醉，浮金野草地铺春。
晨风柳叶开青眼，朝露桃花点绛唇。
峭壑阴森疑无路，行船已过曲江津。

游南山有感（二首）

（一）

仰慕南山景色稠，牌门古式北朝楼。
乘车循道赏经谱，漫步舒眸望渚洲。
最是蓝天呈丽日，无边碧海泛轻舟。
自然生态风光美，难得闲身到此游。

（二）

重阳结伴上南山，海角天涯一水间。
佛殿慈光眯眼笑，龙宫圣水濯心烦。
求财求福烧香易，虔女虔男酬愿难。
文化传承真理念，何须定论说纷繁。

陈晓庄

陈晓庄，海南临高人，1929 年生。曾当过教师，现在家务农。

蜜　蜂

劳瘁群蜂事可扬，纷飞竞日采花忙。
待到酿成甜蜜后，千家却喜补清凉。

游云月湖

云月湖中景绝佳，衣红裙绿接肩来。
飘飘曼舞轻歌乐，疑是群仙会瑶台。

陈恩福

陈恩福，海南三亚人，1954年生。农民。系海南省楹联学会、海南省诗词学会、三亚市诗联协会会员。

赠崖州民歌手桂銮五姐

梅山自古出人材，歌女有情唱满台。
粉墨未施常上阵，声音透亮逗开怀。
临场对答凭功力，开口成章贵捷才。
唱响民歌成雅韵，琼南又放一枝梅。

果

绿肥红瘦坠枝头，一份辛劳一份酬。
奋斗终生何所憾，春华秋实苦中求。

陈烘炽

陈烘炽，海南乐东县人，1925 年生。早年参加革命，曾任通什商校校长等。生前为海南省诗词学会理事。1996 年逝世。著有诗集《山泉》，逝世后付梓。

黎家田园（二首）

（一）

何处山平路不旋，峭崖过后复峰巅。
行经百十深深洞，观尽万千叠叠田。
春绿夏黄火畲地，山兰玉架稻香天。
云崖霞岸梯坪里，黎寨年年拾级间。

（二）

门外青林接远天，山园更在白云边。
歌悠正是人耕雾，鸟噪行将稻试镰。
幽草含芝肥牲畜，仙泉纵酒醉良田。
霜凝月洗香粳稻，香阵袭来髭齿黏。

康复中心晚钓（三首）

（一）

病翁亦学钓鱼郎，七八纶钩弄夕阳。
人到蓬莱获圣水，银竿丝影胜岐黄。

（二）

花旺鱼翔柳色青，多情持钓乐余生。
钩来些许贪狂者，半以鉴人半作羹。

（三）

焕发病颜满面春，更知好景在黄昏。
十年疾疫梦康复，今有海南武陵村。

鹧鸪天·奉和许士杰同志赋赠海南省诗词学会原韵①

亦与诗盟赋作俦，轺车设帐到琼州。风骚更是经纶手，一领征程百万鸥。　山常绿，水长流，新雏齐步老鹏游。同挥汗血铸青史，南海明珠碧于油。

【注】

①许士杰同志生前乃中华诗词学会副会长，海南省诗词学会名誉会长。

陈益鸿

陈益鸿，1956 年生。曾任县委常委，县政法委书记。

贺符志行将军《征途》出版

烽火阑珊夕照红，扬帆激浪大江东。
春风再绿故园日，又踏征程风雨中。

陈家谟

陈家谟，海南省东方市人，1949年生。历任县信访办主任，计委副主任。

石英沙赋

滑圆沙子美名扬，远送京华派用场。
铺就排坛迎奥运，老家原本在东方。

陈家豪

陈家豪，海南东方市人，1948 年生。医生。

十七大感赋（二首）

（一）

盛会召开喜事盈，民生国计共商成。
和谐社会奔康路，旗帜高擎步履轻。

（二）

大展宏图境界开，国强民富壮心怀。
和平发展根基固，世界同夸华夏咍。

陈梦新

陈梦新，海南万宁人，1935 年生。眼科医师。海南省诗词学会会员。

桃

桃甜味美树难栽，跨进桃园愧不才。
想得香桃途雾障，园翁一指雾分开。

游香山

寒霜枫叶漫山红，秋气清佳游兴浓。
树上黄莺歌呖呖，涧中泉水唱淙淙。

春节携孙游海口公园听众人奏乐

节日闲游客，园闻弦管吹。
苍天云欲立，绿树鸟纷栖。
音往深脾沁，心随白雪飞。
如非儿孙闹，空腹不知饥。

陈焕泽

陈焕择，海南省澄迈人，1968 年生。任职工商银行澄迈支行。海南省诗词学会会员。

九龙溪垂钓

烟霞万里送斜晖，南渡江中鳗正肥。
碧水迢迢飘玉带，青山隐隐入缁帏。
波平浪静凭鱼跃，云卷风舒任鹭飞。
拽上锦鳞好下酒，桃花源里不思归。

反对日本加入安理会常任理事国有感

九州蒙怨渐清平，鸡唱扶桑见日升。
带水一衣谁肯惜，东瀛六渡总关情。
魂萦神社妖风盛，梦绕长城浩气盈。
后羿金弓应犹在，金乌颤落纪英名。

荷　花

含苞吐蕊竞妖娆，出水芙蓉自命高。
莫道污泥尘不染，凋零一样逐波飘。

早 春

小雨如酥惹碧丝，桃梅竞绽艳新枝。
塘边飞燕吱吱叫，处处春风赋好诗。

陈皓明

陈皓明，海南省儋州市人。现在东莞市工作，任风能工业设备有限公司经理。

答羊基广老师

迩来哪有旧闲情，仗剑天涯负薄名。
为赋新词耽病酒，强谋生计误吟声。
力寻佳句筹时味，喜得良师读后评。
忙里偷空成一律，以酬诗梦伴君行。

风　筝

趁风借势插云烟，得意忘形一纸鸢。
自以身为天上客，哪知生死系人间。

浣溪沙·词痴

唱罢山歌学写词，醉心于此费神思。个中趣味自家知。　　兴致浓时操起笔，雅情生处笑添资。夜来入梦尚唔咿。

陈简贤

陈简贤，海南省海口市人，1930年生。内科医师。中华诗词学会、海南省诗词学会会员。著有《管弦诗草》。

无　题

小松低谷欲争衡，忍受风霜挺拔生。
风大逆行凭毅力，位卑被抑默吞声。
不卑不亢穷坚志，自力自强奋励功。
傲雪寒梅开馥郁，石缝乔木露峥嵘。

游天坛偶感

年年祈谷祭苍天，代代黎民受困贫。
可笑君王空作势，胜天力量在人民。

自咏（二首）

（一）

悬壶治病济黎民，学问不高行义仁。
亦赋亦医抒素志，医生本色是诗人。

（二）

矢志从医德是根，悬壶治病济乡村。
不随世俗追名利，愿向人间送小温。

陈赞侠

陈赞侠，海南琼海市人，1947 年生。琼海市嘉积中学高级教师，海南省诗词学会会员，琼海市诗词学会编委。

满江红·登嘉积中学红楼

远眺凭栏，红楼上，抚今追昔。多少事，铺开眸底，翻腾胸臆。屡历春秋风与雨，几遭轮替梅兼蜜。树丰碑，功巨冠琼岛，丹心碧。　新世纪，标新异；花繁茂，星稠密。创辉煌，志在九天云极。信步熔岩浇大器，潇洒游刃雕金玉。竞风流，快意占鳌头，多飘逸。

林 曲

林曲，海南省文昌市人，1939 年生。高二时回家务农并自学中医，后到文昌人民医院当中医师，调文昌中医院任副院长。历任政协海南省第一、二、三届委员会委员。中华诗词学会会员，文昌诗词学会会长。自著《品梅斋诗词楹联散文集》行世。

新 雷

大块冰封久，寒流旋九垓。
新雷惊地起，深蛰脱身来。
时雨滋高树，暖风欣翠台。
惟祈春永驻，天地景长谐。

柳

展碧蔚阳春，扬清絮似银。
临风长拂袖，为恐玷微尘。

松

高岸鹤来眠，华仪壮雪天。
精诚迎客意，愿结岁寒虔。

水龙吟·文昌公园古榕

虬根盘曲龙蛇，高枝伟干亭亭起。凌霄茂叶，梳风浴雨，横空翻蔚。昂首华园，清馨幽发，爽荫宏蔽。更藏莺栖燕，临池映影，融融日，流晴翠。　　磊落襟怀旷世，阅沧桑丰姿恒丽。霜浓愈秀，云低弥碧，拳拳春思。未着朱铅，雅儒风骨，自涵精粹。有丹青写照，巍巍懿范，长昭英毅。

水调歌头·文昌文庙

烟霭萦缥瓦，对戏碧龙欣。飞檐浮艳，雕红画翠舞缤纷。纵历横风急雨，不损石梁朱栋，轮奂庙犹新。日月明窗户，净洁爱无尘。　　四松秀，双椰奕，发华文。茂树婆娑弄影，绿院泛氛氲。信步状元桥上，遥忆拳拳六艺，敦教尚怀仁。夫子倘然在，当吁世风淳！

桂枝香·咏椰

凌空直竖，展箭叶千条，扫苍穹雾。列阵峨峨冠盖，作南天柱。抒心云水悠悠外，吐银苞，汉霄标素。慧怀凝贮，琼浆玉脂，惠生民祚。　　抗狂飓盘根若铸。历浩劫推磨，坚贞弥著。一任春秋移易，翠葱如许。兴随沧海涛声舞，寄豪情，东风解语。焕华扬采，亭亭风范，立天涯路。

贺新郎·咏蕉

翠裹蝉罗绮[1]。舞风前，怡怡娜娜，展青青翅。浴露含烟娴弄碧，玉骨翡肌润腻。窈窕体、晴阳流丽。蓊蔼交加铺秀爽，抗炎威、着意扬清气。萌慧笑，吐红穗。　　夜幽皓月轻轻洗。诉琴心、依依悄语，把春音寄。冷对西风黄昏雨，留得雍容华懿。看四季、新芽穿地。耻向侈园争蜂蝶，海天长、情与椰榔契。结惠果、献嘉岁。

【注】

①蝉罗，即金蝉罗，薄如蝉翼之舞裙。

西江月·海南早春村景

椰橡清溪比绿，香蕉莲雾联菲。疏篱茂草缀香泥，浮霭轻风燕翅。　　初暖池塘游鸭，放晴庭院啼鸡。一声布谷报农时，满目犁花绣地。

林 坚

林坚，海南省儋州市人。曾任儋州市农机局局长。儋州市中华诗联学会会员。

儋城晚眺

华灯异彩胜霓虹，簇簇花团散馥浓。
深夜倚楼舒眺望，车流不绝似游龙。

下岗工人再就业

五年下岗快餐营，佳客摩肩房舍盈。
就业良机随处是，春风又度岛西城。

铁 牛

平田万顷水汪汪，农伯耕犁尽日忙。
老铁也知时节贵，隆隆奋起创辉煌。

垂 钓

碧湖清澈水悠悠，黄鸟讴啼声最柔。
众鲤相争香饵食，蜻蜓飞舞钓竿头。

林 荣

林荣，海南省临高县人，1948 年生。海南省诗词学会、临高县诗词学会会员。

咏凤凰花

春生青绿芽，夏发火红葩。
灿灿出林表，佼佼傲彩霞。
盘桓赏百载，炽烈照千家。
但愿人间事，皆如艳艳花。

登高山岭

高岭不争泰岱雄，但邀诸岭比茏葱。
湖含灵石浮青嶂，亭簇庙堂绕彩虹。
异草奇花鸣百鸟，苍苔甘露恋千松。
欣登纵目亭台望，瀛海如烟泛碧空。

乙酉新春村景

劲竹苍榕鸟语哗，碧波丽日映青纱。
风吹绿浪春苗壮，夕照彤云绮阁华。
园里瓜蔬常滴翠，屋边花果艳流霞。
清溪水暖鱼虾跃，春满农村百姓家。

任职有感

而立渔乡任职年，掌书理库一身担。
呕心廿载艰而苦，清水一杯慰且安。
痛挞同僚铜臭面，高扬黎庶小康鞭。
嚣尘甚烈燃英气，拂袖欣然下贾船。

林 斋

林斋，儋州市人，现供职于儋州文体局。海南省作家协会会员，海南省诗词学会会员。

过林昌家门有感

冷落门前百感生，红尘挣扎任飘零。
去年背井闯西口，昨夜牵娘走麦城。
四处笙歌愁里听，一身技艺事难成。
故人归去无多路，何日西窗话别情。

乙酉清明回乡过林蕃昌墓

年年此日到君前，萋草依稀似旧年。
七尺须眉轮下去，九天星冷泪难干。
离乡原为菽粱计，易地方知世道艰。
一炷香烟随雨袅，相思唯有梦中看。

夜望洋浦灯火题赠海韵酒家

临风把盏酒家忙，隔岸遥看灯影长。
莫道蓬莱仙境好，何如海韵一羹汤。

冬晨起眺望儋州城外

朔风昨夜过前窗，起看苍茫满地霜。
隔岸透迤椰与竹，依然墨绿暗凝香。

甲申清明前谒张绍箕烈士纪念碑（二首）

（一）

曾教寇胆丧儋州，战死宣安天地愁。
借得忠魂催鼓角，长将碧血写春秋。

（二）

六十轮回又两春，寒林空冢乱鸦吟。
无言相对青山在，新旧侯门不识君。

自嘲（二首）

（一）

半世为人作嫁裳，从来甘苦耻张扬。
夜凉不觉中秋近，犹自孤灯醉墨香。

（二）

索寞人生伴月寒，无成底事愧家山。
望穿一骑红尘路，唯有窗前鸟往还。

林 鹏

林鹏，1940年生，海南省儋州市人。历任小学教师、校长。儋州诗联学会会员。

访灵春二小感怀（二首）

（一）

观光结伴到灵春，何氏旧容呈一新。
教学大楼真壮丽，校园宽广景宜人。

（二）

党恩群力建成楼，同德同心献计猷。
勤奋园丁施智力，灵春雏凤起歌讴。

林开敏

林开敏，琼海市人。中学语文高级教师。现任嘉积中学校报《红楼》报主编，海南省诗词学会会员，琼海市诗词学会副会长。

抗雪灾（二首）

（一）

半壁山河风雪号，万千归客受煎熬。
胡温党政连民意，众志成城抗险豪。

（二）

大江南北阻途程，千里冰封线杆崩。
扶线工人如塔立，铁肩撑起电源通。

林开鸿

林开鸿，海南儋州市人，1945年生。曾任过教师，后改任东坡书院管理处主任，直至退休。现为中华诗词学会会员，全国苏轼研究学会会员，著有《狗仔花》一书。

哭丁兆英老师二首（选一）

凄风熏仲夏，来哭故人亡。
久染摧身疾，难求益寿方。
盈门桃李秀，入室子孙强。
佛奉三生说，轮回日几长？

奉和张志烈老师《苏轼969周年诞辰感赋》原韵

名同五岳共垂馨，引领眉山仰德星。
出处清怀原淡泊，诗书神韵自空灵。
三州功业孤臣梦，四海仁亲学士情。
时值鸡年公寿诞，欲从儋耳荐琼英。

与锡祜兄夜茶临街树下

车喧灯影乱，雨过树阴深。
茶乳催诗兴，清香恋夜吟。

秋初返里即事五章

一、返里车中

晓车恰趁雨余天，夹道梢头雁翼翩。
路出林阴双目豁，满坡稻绿果蔬妍。

二、老屋凝思

老屋垣残草棘多，自迁朝市少经过。
追思堂构添惆怅，无奈秋风逐逝波。

三、江边散步

沿江袅袅淡青烟，隔岸声闻向晚蝉。
却喜相逢皆父老，也知保健乐天年。

四、访友不值

抱月寻君委巷斜，令郎笑答未归家。
为求农事秋信息，向晚街头泡网吧。

五、夜不能寐

雨霁云开欲四更，自吁茕影梦难成。
披衣且莫蕉窗立，过雁宵深尚有声。

卜算子·赠小草斋主人

小草蔓幽斋，卷轴为珠帐。谁解灯前意趣生，帘外蛩吟唱。　篇什寄深情，篆刻标新样。梦里依然浪漫身，风骨追豪放。

好事近·济夫兄邮赠《济夫诗词抄》赋谢

结撰任清真，南岛谁膺能手？遥指六连山麓，有龙蛇昂首。　两番邮寄不辞劳，长念此情厚。且待灯窗人静，拥琼瑶为友。

踏莎行·代 赠

璀璨星空，轻盈舞步，夜阑漫把衷情诉。任由门外是非多，十年风雨还相顾。　对月思量，韶光难驻，而今霜发频欺忤。鹊桥每恨阻佳期，心香解否仍如故。

行香子·老有所思

才送斜阳，月挂高岗。尚能饭，莫负驹光。千般既往，一任黄粱。且会佳友，品佳茗，谱佳章。　推敲虚苦，悟佛无方。算相宜，最是耕桑。借三亩地，著旧衣裳。对鸟儿娇，花儿俏，果儿香。

林尤和

林尤和，海南文昌市人，1932 年生。小学教师。海南省诗词学会、楹联学会会员，著有《东溪吟》等。

登天坛有感

帝王祭祀到天坛，跪拜诚求社稷安。
若是爱民宽赋役，何须屈膝乞天颜。

林文恒

林文恒，海南东方市人，1935年生。1978年转业到地方，历任县委机关党委书记，县财政局副局长，总工会主席等职。

遣　怀（二首）

（一）

卸任赋闲心志昂，庭园种养未留荒。
墙边雨后栽[illegible]满，檐下秋来种菊忙。
塘内常闻蛙鼓闹，空中每见鸽群翔。
炊烟袅袅成云集，晚饭家家扑鼻香。

（二）

独坐深思心正欢，小园花果郁生香。
青兰露浸浓香溢，老竹风摇淡韵传。
人好千般能纳福，家和万事可逢缘。
随心逐意兴诗赋，夕照桑榆更艳妍。

梦醒偶书

乍然归梦旧家山，喜见家山遍地鲜。
半亩榕荫撑绿伞，盈枝梅果味酸甜。
面前塘甸翻禾浪，背后江鱼梭水欢。
我若从前把牛放，抓鱼捕鸟过童年。

寻 诗

我欲行吟到北坡，当空皓月映湖荷。
烟斜林薄消霜快，雨后岩层长藓多。
新蕙沐风花浅绿，老枫承露叶深酡。
抬头忽见寒鸦语，老乐依筇也放歌。

林方积

林方积，海南省海口市人，1975年生。现就职于海口市永兴中学。海口市秀英区诗联学会副会长，海南省诗词学会会员。

登马鞍岭有感

双峰相伴意融融，风雨依偎不改衷。
感叹情缘尘世少，朝辉晨露别匆匆。

情　思

含苞欲放静悄悄，春雨丝丝润嫩苗。
不待花枝泯笑靥，甘心化蝶护妖娆。

林壮标

林壮标，海南儋州人，1936年生。儋州市委党校讲师。中华诗词学会会员，著有《寒窗集》。

游东坡书院

书院重修景色幽，今朝乘兴特来游。
杏桃数亩庭园艳，笠屐三年雪爪留。
北宋衣冠嗟末造，南荒文化树新猷。
古儋幸有公遗泽，世代书香夙愿酬。

六十书怀

弹指年华六十临，春风秋雨继相侵。
素心不逐时流逝，美梦偏如海底深。
人不谋私常快乐，事无成就却豪吟。
平生阅尽桑沧变，最厌人前说拜金。

贺母校五十周年校庆

记得风华正茂时，同窗壮志每难移。
吾侪莫谓桑榆晚，共赋中华世纪诗。

林志坚

林志坚，海南乐东县人，1953年生。现任三亚市人大常委会副主任。

瞻仰梅山烈士陵园感赋

献身革命仰先驱，纵目四周景物奇。
幽径千条林鸟唱，石沟一坝锦鳞驰。
青山有幸忠魂宿，绿水流芳铁骨居。
浩气长存天地在，英雄碧血染红旗。

和吉大文《抱郭双流》原韵

华灯两岸映江流，美景天涯誉九州。
骇浪惊涛大坝锁，奇峰迷雾远河浮①。
家禽飞鹭同翔水，硕果香瓜满载舟。
野绿山青多秀色，渔歌农唱乐悠悠。

【注】
①抱郭双流为崖州八景之一，远河即宁远河，流经崖城。

林春耀

林春耀，海南万宁人，1948年生。海南省书法家协会会员。

三亚行

回头金鹿恋银沙，碧水群鸥戏浪花。
百丈观音镇南海，春光明媚满天涯。

林星煌

林星煌，海南儋州人，1954 年生。海南省洋浦工委组织部副部长、老干局局长。中华诗词学会会员，海南省诗词学会理事，儋州市中华诗联学会副会长。曾在《人民日报》《香港大公报》《诗刊》《中华诗词》等报刊发表诗文多篇。

巫山一段云·退潮

离去频回转，缘沙步未停。退时不忘浪花擎，犹振叠潮声。　　霞隐凝思久，星移注热诚。待邀红日壮平生，明早又重行。

鹧鸪天·午读

饭后携书树下行，低头穿叶讶新青。枝藏鸟语窥眸亮，蝶点花心引步馨。　　深吸气，浅吟声，融融天籁漫和鸣。忽然读到渔夫曲，涌起波澜万里情。

一剪梅·兴隆亚洲风情园

异国风情一苑中，左见蕉青，右见花红。南洋少女踏春歌，醉此歌风，爱此歌风。　　儿女称奇兴特浓。椰品精雕，饰品精工。买条岛服送洋人，我得兴隆，他也兴隆。

鹧鸪天·南丽湖水庄

榭径幽香蝶扇春，丽湖眸亮碧罗纹。鹭飞沙渚升霞气，波映烟林卧岭云。　　临水畔，静纤尘。鱼翻泼刺逗心神。钓诗胜过严陵濑，怕玷蝇营钓誉人。

临江仙·参观首航洋浦30万吨外国油轮“诺神”号

驶入琼州头版，犁波映照苍穹。钢桥飞接舞长虹。云追龙管远，四海贾途通。　　望远镜中洋浦，痴情放大新容。波光万里动吟衷。快哉从此后，破浪更乘风！

菩萨蛮·洱海观感

高原洱海千波碧，苍山雨脚腰云立。南诏古行宫，开门拓客踪。　　向西流缅外，毕竟东归海。船首思滔滔，今朝涌大潮。

满庭芳·重游香港

才御韩寒，焕然冬暖，庆云又莅香江。催人新景，无意理行装。圆梦紫荆大厦，齐注目、赤帜高扬。心舒畅，回归十载，雨霁尽阳光。　　金汤！曾屹对，金融风暴，非典嚣张。望财贸群楼，耸立轩昂。更往同瞻夜港，波如镜、玉缀金镶。轻歌起，万灯幻彩，仙境逊辉煌。

忆江南·新加坡街景

凝眸处，环境恁清新！衢宇绿丛多映衬，花园岛国少纤尘。禽戏路荫人。　　思量细，风气一何淳！南北车龙依序去，春衣笑靥荡氤氲。四季永缤纷。

鹧鸪天·韩国南怡岛

澹澹鳞波画外岑，怡人岛上动歌吟。青松气贯枝成碧，银杏寒凝叶变金。　　风冽冽，野涔涔，直奔雪地踏清音。未逢飘雪生遗憾，故摄晶莹入镜心。

鹧鸪天·参观朝韩三八分界线

一线蜿蜒怵界碑，登高天迥雨如丝。望乡桥畔怜枫树，岁岁飘红自落归。　山碧玉，水琉璃，风光秀丽却分离。雁儿不用持签证，引颈声声南北飞。

林冠群

林冠群，海南儋州市人，1943 年生。历任省委组织部办公室副主任，海南日报总编助理等职。海南省诗词学会第二任会长，现任名誉会长；全国苏轼研究学会理事。著有《桂馨楼集》《新编东坡海外集》《景庐诗稿评注》等。

夜泊万县

大风吹浪出巴州，岸火渔灯暂淹留。
夜拥群山和我睡，窗含孤月照江流。
猿声缥缈惊残梦，蜀语咿唔动客愁。
明日归航向三峡，夔门一睹已中秋。

悼李大钊先烈

羡君一颗好头颅，掷下神州醒万夫。
爝火无声惊暗夜，烛光有泪照荆途。
清贫家业唯书剑，磊落生涯但葛荼。
好去泉台夸瘦骨，人间羞煞众肥瓠。

访西双版纳葫芦岛

葫芦岛上翠云浮，老木苍藤断碧流。
看绿只疑天地醉，踏青谁认古今秋。
园飞孔雀珍凰竹，池戏鲮鱼爱脚楼。
到此便轻封一品，江弯溪曲放扁舟。

咸阳机场至西安道中

陇原大麦夏将黄，地下王孙骨已荒。
泾渭浑无清浊别，汉唐强剩瓦砖香。
人争掘墓分金宝，家盼修渠润稼秧。
四望土墙皆矮屋，何如深冢瘗秦皇。

感时（八首选三）

（一）

重史今时戏说劳，神州无处不龙袍。
桃源问汉知何世，发薙归清际几遭。
遗老先民年不永，鼎新故国血如潮。
邦家自是伤板荡，天理循环岂易逃。

（二）

磊落清名岂易求，漆园风概肃霜秋。
功成身退讥痴蠢，没世无闻笑马牛。
泰斗黄袍嫌作假，大师美誉忝同俦。
怅然国士今谁欤，入眼纷纷禄蠹流。

（三）

盛世铅华粉黛香，豪门车马旧封疆。
温柔绮梦寻常见，刻骨劳生浑欲忘。
沉醉寸金花月地，狂歌万岁合欢场。
中原舞破谁怜惜，自可飞天走异邦。

殢人娇·次李清照原韵

别后音稀，故人星散，深秋丛菊花开晚。高楼独坐，银河淡远。消长夜、唯翻案前书卷。　　往事如潮，心头弥满，莫将世事闲猜断。如梭岁月，春风似剪，既是闲人，且消弦管。

西江月（并序）

五月以来，雨水特多。端午以后，夜夜有月。

雨过萧森树影，半轮初月清晖。蛙声处处喜相随，信步空庭似水。　　隐约村边狗吠，火光偶映江陲。村姑嗓细露珠璀，唱得星辰如坠。

前调·戏散

戏散人行渐紧，电灯光柱相催。嘈嘈嚷嚷曲儿飞，小孩且行且睡。　　踏碎江头月影，穿开树底幽微。殷勤相送到村扉，兀自如痴如醉。

水调歌头·游万泉河

上下无穷碧，拍浪逐中流。天花水底惊散，昂首一轻舟。顿觉清风入袖，凉意沁心彻腑，云物与人游。莫讶齐天绿，为有万泉头。　村廓秀，椰林茂，远山幽。淡烟古渡时见，雪鸭自沉浮。高岸连桥拱壁，树杪新楼玉影，长在画图留。谁忆当年事，浮海下星洲。

醉花阴·夜宿鹿回头

院落深藏花径绕，椰树知多少。翠盖覆重重，夜半风来，妙语穿空杳。　疑是猎人来悄悄，捧野花成抱。鹿女笑吟吟，玉手冰壶，待把琼浆倒。

林振强

林振强，海南省儋州市人，1932年生。海南省诗词学会理事，儋州市中华诗词学会副会长兼秘书长，著有《骏翔诗选》、《同道集》（与友人合作）、《容膝斋联稿》。

夜 雨

默默无声里，悄悄有意中。
瞒人施德泽，涤秽展雄风。
滴滴三更静，丝丝万物葱。
晓看滋润处，万紫又千红。

登黄鹤楼

久有登临意，今朝愿始酬。
目随高阁远，心逐大江浮。
江汉红羊劫，沧桑黄鹤楼。
英雄淘不尽，此日更风流。

爹爹城里买车回

书包放下问爷爷，楼下谁人小轿车？
正惑城中来贵客，车门开处见爹爹。

乡村四月闲人多

农机轧轧代人忙，才了秋收又插秧。
昔日田中流汗渍，今天树下品茶香。

免纳公粮后

小姑对镜笑开颜，着上名牌美似仙。
偷问钱从何处出，妈妈答是卖粮钱。

2005 年中秋节恰逢九一八事变 74 周年

应是今宵月满轮，风云突变雨纷纷。
天公洒下汪汪泪，痛哭当年抗日魂。

城市美容师

双臂频摇秽气消，一人辛苦百衢娇。
长街当纸帚为笔，写出人生价值高。

人造米

良田又见耸新楼，酒店歌厅乐不休。
日后发明人造米，餐餐干饭不须忧。

《老伴情深》像赞

相依含笑似当年，绿叶红花并蒂莲。
白发斑斑终不悔，寒冬历尽是春天。

孙教爷爷计算机

十指生疏动作迟，老花镜下费心思。
长江后浪超前浪，孙教爷爷计算机。

赴宴车上吟

不为贪酷到此来，诗情友谊比山崔。
秧针一路缝诗袋，无限春光入酒杯。

窗前竹

深深小巷竹阴浓，阵阵清风沁腑中。
竹韵悠悠催好梦，醒来书卷落芳丛。

林逸修

林逸修，海口市人。只上过小学，十几岁即到上海谋生，后归琼岛，曾任会计等工作。1997 年病逝。中华诗词学会、海南省诗词学会会员。

归休乐

古人惜寸阴，秉烛饮桃李。浮生不自珍，过客能几纪？
坐此乐林泉，归休五六子。本以意相投，道同忘乃尔。
文采质彬彬，联翩胶漆比。湖上清风来，绕堤观跃鲤。
竹下共推敲，得句击股起。有时论古人，析辩围石几。
马生逾古稀，逐字求所以。不遇匡鼎来，沉吟心不死。
啸狂好突奇，抱膝丛篁里。幽情托落花，婉曲如蛇委。
豪放有郑翁，雅语常悦耳。倚马诗能成，腹囊藏经史。
黄子本书香，清节仰高士。辛勤树后人，桃李遍遐迩。
饱学夸松山，文心如锦绮。照镜晓妆成，一步一回视。
好客称冯二，管鲍无彼此。倒履揖客来，沽酒新上市。
犹羡蓄髭人，容与卧桑梓。闲赋自况诗，怀抱溢于纸。
等是读诗书，所行皆循理。处世守中庸，耄耋无誉毁。
时乃学少年，攒钱宁饶嘴。对景泛清樽，焉用浇块垒。
乘兴共登楼，江山同笑指。古往又今来，人事如流水。
忆昔慕七贤，此时吾侪似。心旷忘尘机，翱翔乐不靡。

三亚寄怀周济夫

橐笔南来日，云山北望时。
订交疑旧识，结社感新知。
颂世肝肠热，怀人草木滋。
何当同剪烛，樽酒细论诗。

有感柬董长铭

组绣竞炫工，诗家叹道穷。
资书尊獭祭，缀锦擅雕虫。
观物惊多变，衡文肯苟同？
杜门潜觅句，忽漫道途中。

无　题

逢场作戏在人间，临到是非真我还。
留得赤心老不变，何期仙露驻童颜。

林朝梗

林朝梗，原籍乐东人，1927 年生。1947 年感城师范毕业，长期任教。现为东方市诗词学会会员。

春晨郊行即景

黎明曙色晴，日出彩霞生。
野草含珠灿，闲花笑脸迎。
林间莺啭舌，涧内水流声。
景媚春游客，人如画里行。

林普仰

林普仰，海南省临高县人。1998年参加工作，现任临高县新盈法律事务所主任。

蝶恋花·改革开放三十年

崛起中华成众志，跨越从头，夸父争追日。三十年光恒如一，风沙苦旅当甘汁。　锦绣神州天下誉，林立银楼，路怨香车挤。科学和谐强国是，巨龙傲视东方里。

林道祖

林道祖，海南省临高县人，1950年生。现为县政协副主席。

回母校

跨进校门格外亲，师生团聚谊情深。
耕耘五十谈何变，桃李满园捷报频。

林道钰

林道钰，海南省文昌市人，1938年出生于马来西亚。1951年回国读书。曾任通什市副市长，华夏审计师事务所所长。注册会计师。海南省诗词学会会员，著有《海钰集》等。

五指山松

铁骨虬根志不移，危峰犹自绿盈枝。
琼南虽是无霜雪，飓母频经见傲姿。

琼中百花岭瀑布

天女高抛锦一匹，黎姑裁作百花裙。
深山留得春风住，装点千家与万村。

欧竞雄

欧竞雄，万宁市人，1946年生。曾任市普通高校招生办公室主任等职。现为万宁市诗词学会理事，省楹联学会会员。

冬日南丽湖

定安地无海？碧水绕丘间。
荡漾千条浪，朦胧数座山。
楼亭从岸立，花木斗霜寒。
洲岛中流泛，游鱼浅底欢。
喧嚣百里外，世事等闲看。

奔月梦

李白不识月，玉盘空悠悠。
我幼初入学，已知月是球。
荒滩寂寞地，寒暑酷难留。
离地三八万[①]，绕地月一周。
昔人梦奔月，国弱志难酬。
今日国势大，创业竞自由。
科研出成果，技术上高楼。
火箭凌空起，飞星地月游。
月宝知多少，和谐共探求。

受益全人类，造福七大洲。

【注】

①“三八万”指三十八万公里。

秋日登牛庙岭皇帝殿

牛庙岭在神州半岛东，有峰名皇帝殿，传说曾有仙帝到此，一平坦巨石上留其足迹长尺许。半岛开发前夕，余同友登临作诗。

久传牛庙秀，攀石觅仙踪。
岭树摇秋里，崖鹰上雾空。
南溟波浪急，东澳稻蔬丰。
海客明晨到，仙家可再逢？

晨步加积银海度假村

闹市一幽园，不闻车马喧。
烟光随夜尽，宿鸟伴晨欢。
楼拥花间树，云浮水下天。
行观青草翠，寡欲少忧烦。

卓志勇

卓志勇，海南省万宁市人。早年工作于江西地质局，后调回海南，曾任省国土资源厅处长。海南省诗词学会会员，著有诗词集《漫漫人生路》。

咏榕树

岿然屹立碧苍穹，落地生根聚簇丛。
绰约妖娆如翠柳，从容坚韧似青松。
森森绿叶浓浓影，细细纤须淡淡风。
澹泊经年不争艳，钟情南国化葱茏。

大阳河吟叹

发源堑岭水清悠，汩汩甘泉润万州。
伐木开荒涓已断，分洪入海水空流。
河床涸浅农田旱，环境浊污百姓愁。
我劝诸君兴义举，护林治水解民忧。

红树林

扎根水底苦缠绵，傲对咸潮不怕淹。
四季常青枝叶茂，长施坚阵护南天。

踏莎行·海口西秀风光

碧海银滩，风清沙软，椰林蓊郁青如染。桅樯邈邈入云端，烟波澹澹连天远。　　游客如潮，成群结伴，欢声笑语开怀玩。观澜戏水荡飞舟，流连岸畔迟归返。

摊破浣溪沙·南岭地质公园

云路崎岖草木深，忽晴忽雨水涔涔。穿峡攀岩登绝顶，颇惊心。　　飞瀑奔腾飘玉带，鸟声婉转若鸣琴。竹影云烟舒画卷，悦胸襟。

卓冠亚

卓冠亚，1930年生，海南省万宁市人。1951年参加工作。中华诗词学会会员，海南省诗词学会理事，万宁市诗词学会副会长。2006年因病逝世。著有《南庐诗趣》诗集。

万宁撤县设市喜赋

猎猎红旗展碧空，万州一夜沐春风。
千年古邑翻新纪，百里关河改旧容。
颓岭荒坡铺蜜果，滩涂浅港跃金龙。
政和自有掀天力，奔向小康路路通。

奉和台湾钟莲英教授《八十遣怀自寿》原韵（四首）

（一）

磊落人生四海萍，桑榆夕照满天晴。
青春壮志酬书剑，白发幽怀诲众生。
愧我庭鸡谋剩粒，羡君老马识征程。
不妨共作黄昏颂，破瓮充琴伴友声。

（二）

玩石观涛沐晚风，闲情逸趣学吟虫。
少遭国破伤离泪，壮遇明时耻乏功。
旷达胸无身外物，求知壑赖性勤聪。
人生顿悟飘然甚，倍觉青山夕照红。

（三）

寇火遍烧天地昏，黄孙无计觅桃源。
同仇敌忾歼凶虏，旋奏凯歌壮国魂。
海峡风平暖两岸，金瓯缺补赖群昆。
干戈总是无情物，同室同根守定论。

（四）

识荆何故此迟迟，奉读华章萦梦思。
往事如烟皆幻影，他山有石惜功亏。
八旬画卷丹青笔，半纪风云史册诗。
李馥桃香飘宇内，乘槎击壤趁明时。

世纪之交我国载人航天工程试验成功感作

一箭穿空捣广寒，凯歌高奏遍尘寰。
太空岂缺中华席，世纪应存黄裔班。
贵客从容还漠域，神舟大度破天关。
他年老朽乘桴去，不拜阎王访吴刚。

游松涛水库（二首）

（一）

远山着黛近山青，满镜簪螺个个明。
闻道湘君新选址，故乘画艇此间行。

（二）

群山环抱影蒙蒙，百里平湖落九穹。
锄镐双肩挑造化，横空一坝锁蛟龙。

咏兴隆热带花园（二首）

（一）

泉抱山环曲径幽，绿茵红叶竞风流。
齐天大圣西游去，花果山园此地留。

（二）

繁花巧织山山锦，珍果玲珑串串红。
王母当年应有悔，盛筵果谱缺兴隆。

罗 松

罗松，海南省乐东县人，1936年生。历任小学校长，中学教导员。中国楹联学会会员。

游虎丘

古塔巍峨掩翠松，雄姿屹立虎丘峰。
群亭宛似屏中画，玉石奇花耀眼红。

罗大雍

罗大雍，海南省乐东县人，1928 年生。曾任县教育局教研室副主任，中学校长。中华诗词学会、海南省诗词学会会员，著有《诗海拾趣》等。

三亚新城

处处层楼披绿阴，金鸡仙鹿守新城。
夜来银火连霄汉，难辨华灯与小星。

琼中观瀑

巍巍五指出清泉，击鼓飘银叹壮观。
为报平川田万顷，不辞曲折下芳原。

步吟友谢显位先生《笑傲东篱》原韵

晚香故苑影无斜，令誉珠崖千百家。
春去夏来秋更艳，鹿城遍地是名花。

罗才让

罗才让，海南乐东人，1931 年生。1949 年参加革命，长期任教，已离休。中华诗词学会、中国楹联学会会员，著有《山雨谷花》《楹园拾卉》等。

荷　花

俏丽风生爱，幽香水得情。
野塘虽说僻，清雅压园林。

榕　树

雨来张大伞，风起奏高歌。
但荫一方绿，不嫌裙带多。

天涯海角

磊盘沙雪海盈春，天柱挥毫写白云。
试看蓝鱼红豆处，几多浪打彩霓裙。

八所港

金堤绿映彩云铺，浪卷银灯织画图。
岂是玉皇宫一角，连天辉耀夜明珠。

山乡即景（二首）

（一）

椰风高拂阁边云，绕绿清渠奏玉音。
最喜田园新款式，青椒红柿织斜纹。

（二）

白满河川绿满畴，荔枝龙眼沸高丘。
影师争摄山乡景，楼上阿婆入镜头。

上海之夜

南京路上阁嵯峨，十里洋场十里歌。
跃上天桥看夜景，高低四面是银河。

罗丕振

罗丕振，海南乐东人。中华诗词学会、海南省诗词学会会员，著有《秋叶缀》《冬眠草》等。

夏 种

报晓鸡声唱，田家早起时。
深耕趁雨霁，行插赶晨曦。
妙手描新景，微风拂汗衣。
欢歌回旷野，戴月笑归迟。

罗名扬

罗名扬，海南省临高县人。和舍中心小学教师。

五指山吟

有岭浑如指，撑开万世春。
朝朝沾雨露，夜夜揽星辰。
描写江山秀，推移日月新。
南天伸巨臂，数尽古今人。

东坡庙感言两律

（一）

一代文宗世莫轻，文章驰誉遍华京。
大江东去豪情涌，渡海南来百感生。
患难素宜行患难，聪明自觉误聪明。
潜移默化儋黎庶，千载而今享大名。

（二）

国运当兴文运兴，人才知识岂能轻。
堪嗤四丑心肠毒，痛感十年文物倾。
玉柱擎天邦郅治，金梁架海党英明。
坡祠新葺来瞻仰，古木临风带笑迎。

周文盛

周文盛，1939 年生，海南洋浦人。中学高级教师。海南省诗词学会、儋州市诗联学会会员，著有《方寸斋诗文集》。

夏夜泛舟洋浦港感赋

夏夜津滨似画屏，万家灯火点诗情。
星辰陨落沉湾水，霓彩缤纷映太清。
细浪颠波樯影动，熏风拂面橹声轻。
无端世事浮云去，乘艇遨游把酒倾。

咏海石

百态千姿立海边，挺胸昂首貌安然。
久经浸渍生苔藓，长受冲淘布孔斑。
防浪拦潮坚似坝，挡沙护岸稳如磐。
补天有意难酬愿，造福人间亦足欢。

赞仙人掌（二首）

（一）

穿青带刺好威风，花冠鹅黄硕果红。
天赐一身皆是宝，救荒治病益无穷。

（二）

寨后村前宜砾沙，墙头房顶亦安家。
暑寒旱涝全无忌，生命顽强实可嘉。

周世銮

周世銮，海南省琼海市人。初中文化，农民，荔枝专业户。琼海诗词学会会员。

农事咏（四首）

（一）

雄鸡唱罢晓星沉，万道霞光旭日升。
不懈耕耘寻拙句，农家苦乐尽诗情。

（二）

牵牛踏露至村郊，洒汗耕耘不惮劳。
信手清新描绿野，花香果硕乐陶陶。

（三）

手壮容黧头戴笠，浑身汗渍把锄犁。
农夫未必无文墨，命笔还能作小诗。

（四）

田畴绿野尽烟霞，赋兴从容四季花。
脉脉清香泥土味，诗中本色在农家。

荔圃吟

浓阴深处起云烟，曲径通幽一洞天。
坐对平林观滴翠，茅庐自乐赛神仙。

盈盈“妃子”露华容，翠褂罗裳亿点红。
骚客何须苦觅句，诗情画意满园中。

问余何事日盘桓，啸傲烟霞涧谷间。
万籁无声心不寂，多情“妃子”共缠绵。

晨举银锄理秽勤，夜邻萤火阅金经。
休言荔圃孤栖苦，果结甘酸总是情。

周安艺

周安艺，1936 年生，海口市人。多年从事教育工作。海南省楹联学会会员，海口市秀英区诗联学会理事。

缅怀冯白驹将军

救亡抗日志昂扬，跃马挥鞭上战场。
五指山头烽火烈，军民携手打豺狼。

周诗广

周诗广，1934年生于广州。儋州市诗联学会理事，著有《诗广诗文选集》等。

鹧鸪天·神六双人航天胜利返航（二首）

（一）

欢笑飞舟荡太空，地球环绕上苍穹。亲临上界探神秘，愿与西洋竞巧工。　逢盛世，补天功，精研科技铸英雄。喜圆千载航天梦，宴会嫦娥醉月宫。

（二）

火箭升天震亚东，杨家健将逐苍龙。云层缈缈今飞越，月殿茫茫现直通。　丹桂酒，好梦重，追星揽月意无穷。彩旗招展天荒破，锦绣河山遍地红。

采桑子·重阳集会

莫言老骥扬蹄少，雅集僖阳，聚会重阳，语重心长翰墨香。　　时逢盛世诗新艳，灿烂风光，荏苒韶光，似锦红霞不畏霜。

浣溪沙·改革开放颂

民主高风自始终，三山改造立奇功，中华十亿脱贫穷。　　广纳群言家国泰，崇今鉴古业兴隆，春雷播雨满园红。

周济夫

周济夫，海南万宁人，1947年生。1984年入海南日报当副刊编辑。中华诗词学会理事，海南省诗词学会副会长兼秘书长，著有《济夫诗词钞》《琼台小札》《琼台说诗》等。

叠前韵再呈中镇诸子

风声喧屋外，枯坐度寒更。
顾迹孤椰影，思亲远壑情。
因人压金线，无计问苍生。
忽有蜂鸣起，传诗识友名。

行云戏步东邀韵

出岫不成雨，行云究所由？
逍遥经旱漠，浩荡蔽荒丘。
鼓吹音声大，腾拿盼睐流。
听桐须梦里，佳乐到心畴。

自嘲一首用淑萍六十志感韵

弃掷真同四裔流，荒村迥立黯星眸。
终因刿荐蓬蒿出，庶免绳枢升斗谋。
正字偶蒙虚赏誉，吟诗未敢遽言愁。
明年六十平平过，遁世宁无后顾忧。

瑜儿突发高热，病房陪护，因忆予幼时连日高烧不退，先父冒台风夜行山道数十里往阳江墟求医

枯禅坐守听檐声，忽忆先严风雨行。
长夜晦冥神鬼搏，坷途颠踬飓雷惊。
至诚终得九丹返，弱息真成一线赓。
同是护儿心似海，父亲深我百千层。

感东坡事依东遨《秋夜偶成》韵

寂寂秋窗一事无，君诗接读喜隋珠。
高亭木末何妨歇，短笠荒陬肯便输？
每对遗踪悟钦帅[①]，难从清旷借锤炉。
云天翘首殊堪慰，继绝诗声起五湖。

【注】

①东坡书院有钦帅井。

老屋过雨

宵深一雨过闲庭，树底犹闻滴沥声。
却见檐端天色好，月华筛下复盈盈。

老屋

老屋仍存母远行，归来独对一灯青。
空庭恍惚跫音过，细听原来隔院声。

浣溪沙·扁叶兰

扁叶蓬蓬齐向阳，蕊蓝瓣白点书窗。此花生处本岩乡。　　名逊芷蘅欣健茁，命同蒿艾隐清香。人生有道是寻常。

临江仙·移居金盘闻蛙

迤逦浅山远抱，稻花流水蛙声。一川萤月立盈盈。虽云秋作苦，胸次得澄明。　　可奈此中久隔，市嚣长涴尘缨。谁将逸响入疏棂。初闻隐约是，那复旧时情。

金缕曲·咏椰

半日凝神久。对眼前，雾鬟风羽，高标颀秀。忽忆故山苔径上，数树蹇偃村口。浑不似、灞桥烟柳。却似慈颜伛偻影，漫晨昏伫立如雕镂。思游子，长翘首。　　当年穷窘难厮守。向江干，伶仃负笈，可怜孤瘦。阆苑嘉花千万种，岂抵梦中椰牖。记大母、躬浇提缶。心血欲将弱裔哺，酿九天清露斟醇酎。应犹是，归魂陡。

周朝栋

周朝栋，海南省琼海市人，生于1934年。长期从事文化教育工作。琼海市诗词学会会员，著有《莲池诗集》《清莲诗词集》二册。

会山苗寨行

叠叠峰峦曲径斜，炊烟萦绕有人家。
水中游鲤篱中鸭，绕屋葫芦架上瓜。
满树槟榔果将熟，盈仓稻把簇如花。
一瓢未尽殷勤意，美景回头引梦遐。

周德民

周德民，海南省文昌市人，1948年生。工艺师。当过工会主席、厂长。中华诗词学会会员，海南省诗词学会会员，文昌市中华诗文学会副会长。

文笔塔[①]

阅尽沧桑百载余，巍巍青塔耸霄虚。
指挥轮棹耕椰海，眷恋鸿鸥归梓篱。
玉液琼浆仙味美，素滩红树淑容奇。
难忘斯土缘文笔，赤子望乡四海诗。

【注】

①文笔塔建于清光绪九年（1883），位于海南文昌东郊建华山椰林湾附近，著名旅游区。

谒张云逸铜像

南征北伐壮军魂，百色挥戈举世闻。
开国功高勒铜鼓，椰乡自有大将军。

减字木兰花·飞鱼谣

水云明灭，千百飞驰如走雪。闪闪摩天，炫眼金山腾浪悬。　落晖将了，不动烟波归棹渺。椰影夕阳，和唱俚歌鲜满仓。

周德光

周德光，海南省乐东县人，社会科学副研究员。中华诗词学会会员，海南省诗词学会理事，海南省作家协会会员，著有《石苔》《临春集》等。

三亚即景

珠明玉润甲东南，崛起新城峙碧湾。
海笛萦回邦外舶，潮歌起落疍家帆。
连川花树参鱼影，拔地楼台接鹿山。
烟水双桥明月夜，五洲游伴倚阑干。

牙龙湾

谁向龙王借海滩，青山作界绿镶蓝。
波浮云抹三岛影，鱼跃莺啼七里滩。
古寨翻成开放路，新村规划乐游原。
凌虚多少寻芳客，惹得诗情上笔端。

南山寺

五指南来第一山，苍鳌作势障风澜。
观音施法玉金聚，佛祖登坛日月参。
双玳浮珠镶海角，群僧化石度天南。
时人莫悟参禅意，一枕烟云入梦酣。

题咏银河湾社区

楼台百丈画中观，叠叠青山护碧湾。
皓月疏星低绣户，绿蓑烟雨近雕栏。
午潮汀渚鹭鸥狎，夕照渔歌疍女欢。
红树绕堤迎客至，河风为尔拂轻澜。

鹿回头雕像

尽得风流上玉峰，明湾一镜照仙容。
二乔枉嫁英雄婿，不比阿郎长伴侬。

戊辰中秋海南省诗词学会成立

一夜春风度海陬，新英灼灼上枝头。
多情莫哂篱边草，绿遍天涯势不休。

读《济夫诗词钞》

浮文媚俗逢时易，率性存真务本难。
板凳经年浑不冷，百家吟稿媲他山。

献衷心·银河湾

正良辰美景，来迓宾朋。堤树碧，鹃花红。望银楼画阁，春意重重。三五夜，人面好，月明中。　　歌舞罢，入帘栊。枕底潮音枕上风。料牛郎织女，河汉相逢。晨光里，对白鹭，两情浓。

郑　益

郑益，海南儋州人，1942 年生。原儋州市外事、侨务办主任，现为中华诗词学会会员。著有《浪花潮》《路痕》等文艺作品。

雨夜放舟黄河古渡

犯险惊涛放叶舟，横跨古渡斗湍流。
狂飚斜雨吹难止，激浪飞烟簸未休。
自恃心雄胸有志，任凭冰冷水浇头。
平生不畏风云恶，把舵危澜壮胆谋。

黄河冬夜架浮桥

古渡英师闹一宵，湍流桥架激情高。
严冬午夜三场雪，透骨寒风一把刀。
人面闻声难认见，目光测岸尽萧寥。
踩平千顷烟波浪，笑指黄河一渡桥。

黄河滩

空濛指点大河边，绿染茫滩万顷田。
麦菽波翻疑海浪，芦花风荡似云烟。
泛洪决岸随流逝，沃土围堤治水淹。
旷古摇篮黄土地，中原衍造五千年。

战友来访有感

卸甲归乡屈指弹，从戎廿载忆斑斓。
攀山渡海留踪迹，踏雪穿原卧草滩。
心有精忠思报国，胸怀宗旨仰清官。
军风永葆声光远，任跋千山涉万川。

嫦娥奔月赋（选一）

苍穹浩瀚奈谁何，一箭飞天喜讯多。
气贯环球鸣鼓角，威扬万里震天河。
桂花陈酒寒宫贮，金镜妆台玉女罗。
倚望门前频举手，俯看起舞尽高歌。

郑 雄

郑雄，海南省儋州市人，1940年生。市直机关干部。现为中华诗词学会、海南省诗词学会会员，儋州市中华诗联学会理事，著有《芳草吟》。

读毛泽东诗词

松风梅骨檄章扬，玉律铿锵展卷长。
笔扫凶顽锋锐利，气吞海岳势刚强。
词填咏雪豪情激，诗赋长征壮志昂。
韵里风雷惊世界，千秋绝唱永流芳。

赠 内

喜从不幸得周全，患难相逢信有缘。
节食持家贤内助，缩衣培子乐贫年。
虽无竹马青梅趣，却有齐眉举案虔。
历尽寒冬堪慰藉，同心携手度春天。

贺谢敏先生慈母百岁华诞

华筵百岁醉飞觞，绕膝儿孙四代香。
永驻青山春不老，长流绿水福无疆。
襄夫革命经风雨，育子成名历雪霜。
彤史楷模人敬仰，云璈奏颂寿而康。

感怀

鬓边白发与时添，老骥嘶风未息鞭。
名利让人助豪气，诗书泽我壮心田。
勤磨笔力书情愫，苦练吟功学锦篇。
晚景可人诚可乐，归休喜遇艳阳天。

敲诗偶成（三首）

（一）

清词妙句苦寻思，待饭未来且构诗。
老伴几回朝我笑，此翁如醉被诗迷。

（二）

发白心犹酷恋诗，年来喜读百家辞。
讴歌盛世无穷乐，秉笔抒怀任所思。

（三）

轻吟浅唱也风流，诗海无涯学作舟。
磨炼有成心窃喜，从来欢乐苦中求。

郑人辉

郑人辉，海口市永兴镇人，1927 年生。退休教师，海口市秀英区诗联学会会员。

观看电视《奥运会倒计时一周年庆祝活动》有感

体坛角逐竞争雄，奥运情牵白发翁。
四海欢腾迎圣火，五洲雀跃树新风。
同谋发展和平径，共建谐调安乐宫。
期盼百年终了梦，勇登华夏万寻峰。

郑邦民

郑邦民，海南省儋州市人，1934 年生。教师。中华诗词学会会员，儋州市中华诗联学会理事。

忆中国共产党诞生

板荡神州党诞生，狂澜力挽有精英。
先驱血染山河赤，百姓身安世道明。
国有中枢施善策，民居泰道醉豪情。
九州到处新天地，巨变城乡百业荣。

宜伦江畔调声忙

宜伦江畔月华明，女舞男歌倍有情。
调曲声声歌改革，听迷不觉漏三更。

郑邦利

郑邦利，海南省临高县人，1945年生。历任屯昌县委书记，海南省电子工业总公司党委书记等职。中华诗词学会常务理事，海南省诗词学会会长，著有诗集《琼崖挹翠》等。

尖峰岭之歌

海南岛尖峰岭系国家级热带原始林自然保护区，面积30万亩，资源丰富，风光秀丽，现已列为海南四大旅游精品项目之一。

万里天涯万里青，轻车如箭射飞鹰。
疾驰直入云霄里，高岫生风低壑鸣。
如海苍山扬绿浪，拍天自有涛千丈。
岭呼林啸舞长龙，万顷青波流馥酿。
云潮滚滚漫山峰，没嶂吞峦雾霭浓。
峭壁悬崖多变幻，冰鳞铁甲战狂风。
云凝顿降倾盆雨，霎奏轩辕钧乐曲。
叶伞难当万箭穿，淋漓尽致染山碧。
河溪骤涨翠漂流，洒玉飞珠泽百丘。
浪遏巉岩丛林滴，炎炎溽暑变清秋。
雨霁一轮红日现，丹霞驱雾群峰艳。
群峰岌嶪郁葱葱，千棵玉笋萦翠练。
鸣凤谷游土磴长，磨菇落叶透幽香。
空中鸟蕨团团挂，古木参天蔽日光。
古藤缠树蔓交错，奇兽珍禽常出没。

树洞攀高上树梢，灵芝横路红如火。
老茎生花花有神，老根抱石石难伸。
横缠绞杀邻居树，旱地蚂蝗煞逗人。
攀越巉崖履危石，步步登高沾湿绿。
百鸟间鸣婉啭声，披荆斩棘风光丽！
天池之水天上来，岭上汪汪一镜开。
王母如今仍沐浴？桴槎直欲抵蓬莱。
无边无际尖峰岭，瑰丽雄奇呈倩影。
热带雨林天外惊，蕴藏丰富神钦敬。
林海茫茫波荡漾，长舒望眼心潮涨。
安将绿盖地球村，水碧天蓝花怒放。

张家界之歌

张家界名列我国第一个国家森林和《世界遗产名录》，面积30平方公里，森林覆盖率达97.7%。丙戌端午前夕，余偕妻友不顾旅途疲惫，兴致盎然地游览了三天。

万里夏风威烈烈，轻车直上张家界。
无边空翠撒浓阴，一路殷殷消暑热。
弃车步入龙王洞，地底雄奇曲径通。
剑戟森森寒光射，鹰栖陡壁腾巨龙。
洞中有洞长流水，莲藕明湖绕百卉。
方圆百丈耸巨厅，穹顶天孙呈妩媚。
亭亭玉笋弄奇姿，蝴蝶猕猴栖树枝。
洞里遨游忘岁月，万般钟乳惹相思。

漫步金鞭情激越，四水绕门清洌洌。
夹岸群峰态万千，奔流击石弹轻乐。
碧玉红花镜里流，炎消暑却夏如秋。
清芬沁脾人陶醉，古木参天沟壑幽。
林茂溪凝碧，潭清峰倒立。
人在画中行，花悬崖上丽。
脚踏巉岩路渐平，画廊十里尽多情。
索溪一响群峰媚，俏丽相看飞笑声。
如父如妻如姐妹，似船似兔似环佩。
天书宝匣望郎峰，仙鹤凝眸卧妞美。
鸟语传幽壑，峰姿独出群。
醉人何必酒，一睹一回醺。
快乘电梯上天际，迷魂台下千峰峙。
谷深崖峭客心惊，径断岩危神鬼泣。
谁连两岭搭天桥？人度天桥气自豪。
俯看群山居足下，俨然信步在云霄。
天子山头仰天子，凌虚万笏迎朝日。
银河蘸墨云为笺，御笔纵横抒壮志。
漫天雾涌石崖闲，劲柏苍松覆海湾。
西海原为星海落，万千陨石立凡间。
前后花园峰竞秀，携妻唤友欣欣走。
天女散花化巨峰，崖间飞瀑云出岫。
云出岫，神堂湾，将军列阵出雄关。
山底奇峰九十六，深渊陡岭下山难。
衣衫拧出汗，阶陡觉腿软。
喘气长吁吁，何人敢眨眼？

山凌云拔起，日引路盘旋。
探险须费力，缒幽恍若仙。
缆车奔上黄狮寨，罗汉金龟形古怪。
风卷松涛翠欲流，千岩万壑人惊骇。
峰多绰约开还合，云自悠然去复来。
九曲盘纡千壁削，几回翻越猱猿哀。
人间第一神奇境，今日怡然舒目领。
远望天门朝日开，遥思玉帝早憧憬。
君不见天下高山哪有此山俏，
天下石峰哪有此峰奇，
天下流水哪有此水秀，天下壮观哪有此景迷？
一路游观盈逸致，层峦叠嶂岚烟起。
天风浩浩乱云飞，此身已在青云里。
回首惊看耸高楼，崭新宾馆一望收。
幽幽佳境纷扰扰，此地蓬莱有隐忧。
芸芸客访张家界，众口一词赞不绝。
我劝商家多留情，葆它一方净土长不灭！

雨中驱车赴琼海

细雨犹烟雾，快车撕逆风。
怡情餐馥郁，滋趣品葱茏。
电线量天宇，鸟声醒树丛。
山河朝我媚，梦幻扑怀中。

瞻仰胡耀邦故居

松林蓊郁护苍坊，路转峰回道漫长。
坎坷征程磨铁骨，炎凉尘世见柔肠。
披肝四化平冤案，沥血九州成国殇。
旧屋门前人默立，秋光洒处菊花黄。

夜航

飞眸万里看涛奔，爱向沧溟探浅深。
月抱清波星煮海，鱼追渔火网筛云。
轻舟航线弯终直，环宇英雄屈后伸。
上下颠簸何足惧，豪情逐浪叩天门。

海口东海岸春晨

大海扬波迎远客，前呼后应滚雷鸣。
气凝珠露摇青草，风送浮云逐铁鹰。
轮笛吹残千古梦，胸襟涌满万般情。
镜头瞄准频留影，好让家人共我倾。

退休赋

失却阿谀得自由，虽无后乐有先忧。
操权两袖清风舞，退位一腔热血流。
陋室放歌情未老，东篱采菊气非秋。
惊人句且追苏李，毫上烟霞尽目收。

白鹭湖观鹭

水绿山青鹭有情，满天飞絮入眸明。
精灵把我当风景，上下盘旋总不停。

高隆湾夜饮椰子水（二首）

（一）

圆月流光洗海明，远方渔火煮天星。
霎时椰果落波底，惊醒哗哗晚汐声。

（二）

手端椰果犹端月，月溢清辉果溢醇。
一饮清醇共天醉，长宵不寐拥氤氲。

念奴娇·沅江大桥暮眺

大河奔玉，见归舟唱晚，长桥飞渡。广厦霓虹横彩练，灯火华辉天宇。网织通衢，穿梭车马，涌雪驰丹去。十里诗墙，引来游客如鹜。　遥想陶令重游，乱红如雨，不记来时路。昔日桃源呈异彩，一任腾龙盘虎。赏目怡神，天庭疑近，欲共婵娟舞。沅江波涌，似闻策马箫鼓。

水调歌头·百花岭瀑布

攀越百花岭，十里听喧嚣。飞湍跌宕千丈，雪绢挂层霄。水雾撒珠扑面，古木投阴匝地，暑汗霎时消。树树清风袭，身共树轻摇。　登峭壁，观胜概，欲挥毫。千姿百态，瀑流奔泻总多娇。水贵奔腾激荡，人贵生生不息，奋搏领风骚。一踏青苔去，高处更妖娆。

郑扶助

郑扶助，1939 年生，海南省儋州市人。儋州市诗联学会会员。

国共握手二律

（一）

两岸山河一国中，同舟共济破冰封。
补天浴日催心切，辅国兴邦壮志雄。
事过三思终有益，人能百感自然通。
只输六十年头去，换得江山一国同。

（二）

同室操戈路线争，炎黄儿女见分清。
消除宿怨前嫌弃，泯抹鸿沟两制盟。
一种亲情生百感，多方共识向双赢。
梅开二度花复艳，月缺重圆光更明。

淘金苦

事在人为志在心，黄金不是梦中寻。
淘金自晓风尘苦，多少泥沙一克金。

染病求医勿求神

一把檀香值几何，装神只为弄钱多。
骗人假说佛开口，钱了病危命受磨。

郑保钟

郑保钟，1946 年生，山东省高青县人。退休前任海口市秀英区人大常委会副主任。海南省诗词学会会员，海口市秀英区诗联学会名誉会长。

海口人民公园

公园面貌换新颜，如织游人笑语欢。
福字牌旁琼剧闹，伏波祠下舞姿翩。
喷泉音乐彩霓景，书法宋词长壁间。
班帅庙中遗古迹，椰城石处赏花仙。
梨园戏座绕千树，胡老凉亭飘百幡。
兰苑谷深林木茂，瀑帘堤阔水云翻。
观音葵竹弥香气，神阁琉璃漫紫烟。
太极健身姿态美，隐篁映日影形妍。
寿翁手托仙桃果，大圣眼观云雾天。
西侧跨桥游鸟市，东湖踏桨荡鹅船。
田螺井畔听传说，石径阶前看唱弹。
芳卉艳开争宠幸，雄狮镇守保平安。
华灯放彩照生肖，绿树成荫遮玉蟾。
民族风情墙上展，景门格调里中勘。
假山无意招童稚，胜境有情迎客官。
烈士丰碑铭伟绩，白驹雕像众人瞻。

南平缘

2006年国庆节期间，海南陵水南平农场在广州市燕岭大厦召开“南平缘”联谊会。

南平缘分梦魂牵，感慨知青艰蹇年。
苦忆胶林星月影，甘流血汗草茅间。
是非功过随人说，角羽宫商任我弹。
无悔十秋风雨路，今朝幸会尽开颜。

临江仙·庆海南建省办特区廿周年

南渡滔滔江浪涌，劲推建省航程。中流击水敢争锋。海南飞跃日，世界大扬名。　　五指巍巍山雾绕，力撑琼岛攀登。扶摇直上摘天星。廿年风雨路，改革率先行。

郑家洽

郑家洽，海南乐东人。中华诗词学会会员，海南省诗词学会会员。

扁　担

挑走贫穷接富扛，苦经风雨历沧桑。
与时俱进无停步，赶上飞车赴小康。

落花生

园中满目尽青藤，入地落花果自成。
不羡枝头春意闹，双双珠玉献民生。

韭　菜

镰刀过后又抽生，长势如初一片青。
只要心存根不断，茬茬奉献做佳羹。

登　山

一山更看一山明，跋涉崎岖步步登。
且信坚持终达顶，攀援不断喻人生。

际春偶成

轻风拂我过春门，来去悄悄也有痕。
柳暗花明无限景，心间脚底目中存。

赵乃兴

赵乃兴，1945 年生，海南儋州市人。原供职于儋州市人事劳动局。中华诗词学会会员，著有诗集《春雨》。

山 花

千红万紫挂篱笆，满野遍山映彩霞。
峡谷峭崖开异卉，峰巅古树吐奇葩。
冰天雪地犹含蕊，戈壁沙丘亦发芽。
不在宫中争艳色，愿为大地献芳华。

赵功臣

赵功臣，海南东方市人，1930 年生。历任小学教导主任、校长、学区主任等。东方市老人书画研究会会员。

颂叔岳父符中权两次与日寇打围攻战

青年意气壮如山，为国常怀一寸丹。
效党无暇离死道，攻坚何怕闯难关。
黑眉战斗机枪猛，六岭围攻弹雨喧。
突破烽烟封锁线，排艰取胜凯歌还。

赵玉润

赵玉润，海南省东方市人，1936 年生。小学高级教师，曾任小学校长。海南省诗词学会会员，东方市诗词学会常务理事。

岭田吟

岭作围城田作金，桃红柳绿树弹琴。
莺歌啭啭撩人听，蝶舞翩翩招远宾。
稻浪滔滔还泛泛，炊烟袅袅复氤氲。
瑶池天上隔千丈，优惠民生众意深。

观东湖喷泉

龙水倏然射满天，千姿百态映亭边。
飞腾银柱萦人眼，彩练条条曼舞闲。

观松花江上电缆车感赋

电缆高飞舞巨龙，空中飘荡仍从容。
双人同坐秋千爽，一路春风上顶峰。

赵仲明

赵仲明，海南定安人。中学退休教师，海南省诗词学会会员。

椰林寨行

亭亭玉立意逍遥，突立丛林展细腰。
最是多情椰叶碧，我行数里尚相招。

蝶恋花·枇杷情

南国冬来春不去，仰望枇杷已是疏枝露。且喜果黄香满树，莫悲飞叶随秋雾。　花落花开难自主，梦里烟云怎得挽留住。一曲清歌堪起舞，几回能得人生趣。

赵志峰

赵志峰，1950年生，海南省东方市人。小学语文高级教师。海南省诗词学会、东方市诗词学会会员。

感悟吟

尘事繁多半世经，人生百味自家明。
无私心底何为利，有德胸中岂在名。
育李培桃图报国，吟诗作赋见怡情。
将临花甲时当午，苦辣酸甜尽品清。

赵伯光

赵伯光，海南定安人。退休教师。海南省诗词学会理事，定安县诗联学会秘书长。

定城清潭亭偶得

长堤重见杏旗新，说古论今村酿醇。
俯首凭栏看碧水，问君可是觅泥人[①]？

【注】

①据碑铭潭中有五泥人，邑政大治时浮于水面，曾建亭祀之毁于战乱。今于原址重建。

游五公祠偶得

野民不识上天意，庙祀诸顽情亦痴。
谁料万年千载后，圣君来附逆臣祠。

【注】

①某厅陈列历代帝王像。

朝中措·晚饭时节

半壶浊酒伴孤灯，几粒炒花生。不是红尘看破，只求一醉忘情。　　哨音阵急，人声如嗥，气止耳倾。“阶级斗争常讲”，残杯欲举又停。

采桑子·闻友辈渐获平反

无端落叶重重翠，几度秋冬，深锁帘栊，长隔藩篱对瘦桐。　　但闻霹雳乾坤净，一片惊鸿，胜似春风，落尽枝头更吐红。

巫山一段云·夜宿高隆湾

满月才初缺，凉辉透雾明。潮来潮去总轻轻，波上尽飞萤。　　阵阵花香里，秋虫不住鸣。披衣蹑足起三更，悄悄对清平。

赵承焕

赵承焕，海南省东方市人，1968 年生。中学语文教师。海南省诗词学会会员，东方市诗词学会理事。

忆龚老师

说课椰城无意逢，犹疑魂梦对谈中。
多年音断寻踪讯，每忆真言益不穷。

过大田零公里

花梨东望蕉芒密，云雾生机无限中。
此地曾经施教泽，何期一别又重逢。

赵赞柏

赵赞柏，海南省东方市人，1944年生。曾任中学教师、副校长，东方市教育工会副主席。海南省诗词学会会员，东方市诗词学会副会长兼秘书长，著有《钟声》诗词集。

跳　舞

红霓灯下舞迷多，对对双双踏节歌。
绿女袅娜环步走，红男机敏转身和。
快三跳过欣银浪，慢四跨来荡缓波。
满目灯花招客喜，人间兴会响天河。

雅龙山赞[①]

雅龙山上白云飞，万象林中绿水回。
峭壁沿溪姿态别，山腰绕栈竖横开。
奇观四面源千古，连体六榕合一怀。
早日启开游业旺，宜人胜景客常来。

【注】

①雅龙山，在东方市天安乡，山边有天安水库。

昌化江颂

昌化江流入海洋，千秋万代水茫茫。
骚朋挥笔风华颂，壮士掀波故事长。
清水一泓通血脉，虚怀两岸谱词章。
沙滩诗句篇虽短[1]，世世永传嗣后昌。

【注】

①“沙滩句”，古人有在沙滩上对唱村歌、对诗句、对对联等传说。

铁山颂[1]

铁山直矗入云层，热气腾腾绕广穹。
东麓洞灯开笑眼，西丘矿铲跃长空。
蜿蜒盘道迷黄雀，卷地工车逐巨龙。
神女欢歌宝石美，城头喜庆浪千重。

【注】

①铁山：指石碌铁矿山。

钟 平

钟平，海南儋州市人，1935年生。曾任儋州市史志办主任，市诗联学会常务副会长，海南省诗词学会理事，著有诗集《心弦浅草》。

看天下第一关

万里长城第一关，巍巍山海似龙盘。
傍连渤海秦皇岛，倚坐北营长寿峦[1]。
自古传闻惊霸迹，如今览胜谢骚坛。
正逢暴雨心尤热，终慰平生夙愿宽。

【注】

①北营，即北营子；长寿峦，指长寿山。皆于长城天下第一关北隅。

咏峰端绿椰

身着金环百仞高，巍然耸立入云涛。
屡掀柔绿婆娑翅，胜似飞船碧落飘。

蝶恋花·儋州海头大桥

古国枌榆水阻，涂炭生灵，珠碧欷歔苦：倭寇刀枪曾断渡，炮楼叠起倚江驻。　今日大桥横架处，小岛增辉，男女齐歌舞。天堑通途奇绩著，海头四化方开步。

钟才深

钟才深，海口市人，生于1933年。任小教四十年。秀英区诗联学会会员，著有《杏坛春秋》。

羊山黄皮果

簇簇黄皮灿灿光，甜酸可口旺商场。
黝岩红土宜佳果，敢向荒山要小康。

钟国柱

钟国柱，海南省东方市人，1935 年出生。中学高级教师。海南省诗词学会会员，东方诗词学会副会长。

水乡吟

扁舟乘浪破云空，飞越观音万寿峰。
坝上登高长眺望，水天一色眼帘中。

浣溪沙·游八所海滨公园

九曲栏杆引客游，琉璃水滑弃尘浮，澄澄碧海泛高楼。　　拾级登楼穷望眼，水天一色画难求，鳞洲佳景眼中收！

浣溪沙·游黄花冈烈士陵园（二首）

（一）

翠柏苍松引客游，松涛呼啸使人愁，幽幽墓道涌人流。　　辛亥风雷惊帝阙，故宫王气黯然收，碑铭伟绩胜封侯。

（二）

南海松涛号角鸣，驱除鞑靼率先行，铮铮铁骨震京城。　　墓后芳名涕泪读，清廷民贼恨难平，浩然正气国精英。

忆秦娥·神舟颂

舟似电，腾空直上飞如箭。飞如箭，日行万里，不辞疲倦。　　瑶池王母邀相见，英雄作客如亲眷。如亲眷，欢天喜地，盛情开宴。

钟起华

钟起华，海南省儋州市人，1940年生。中医师。海南省诗词学会会员，儋州市中华诗联学会会员。

自述

踪如野鹤乐悠悠，采药寻方励索求。
研读医宗承祖业，曾为黎庶效黄牛。

钟鼎忠

钟鼎忠，海南省临高县人，1961 年出生。现任临高县国土环境资源局办公室主任。海南省诗词学会会员。

咏临高角

水秀沙明景色新，艇游快意如鸥轻。
当年壮士捐躯处，天线条条接晓晴。

昆殿村娱乐活动中心见闻

身置乐园意趣长，管弦棋画舞歌扬。
动人最是图书室，白发村民摘报章。

踏莎行·家乡新貌

栉比高楼，轿车竞靓，婆娑树影伴晨练。款新衣着尚时髦，农家幸福神仙羡。　　才罢耕犁，又迷笔砚，关心时事常相辩。斗殴赌博去无踪，文明建设民风善。

洪昌光

洪昌光，海南省海口市人，1950年生。曾任海口市委办公厅综合处处长，市委政研室副调研员。

温总理答记者问

从容答问态欣然，国计民生事事谙。
胸蕴诗书多隽语，清廉理政一心安。

姚珠江

姚珠江，海南省琼海市人。先后任教于小学、中学、师范。海南省诗词学会会员，琼海市诗词学会会员。

沁园春·万泉河

秀水漓江，景色怡人，怎比万泉。看涟漪碧透，漫游锦鲤，波光潋滟，倒映白帆。椰影多姿，渔歌唱晚，旖旎风光冠岭南。须邀友，驾轻舟一叶，饱赏奇观。　　安能陶醉桃源！竟改造山河不怕难。有农家娘子，挥戈打狼，红军战士，浴血锄顽。当代英贤，出谋献策，大展鸿图建故园。期明日，阅琼州大地，果硕花繁。

沁园春·中秋

万里长空，宝镜光洁，嵌挂九天。念东坡问月，古今绝唱，李白把盏，情景堪怜。寂寞嫦娥，盛情邀客，杨柳轻飏上广寒。中秋夜，玉宇清如水，遥望婵娟。　　天宫怎比人间！谁不见神州处处妍？看花香鸟语，莺歌清脆，山青水秀，燕舞翩跹。姹紫嫣红，百花争艳，锦锈江山千万年。真遗憾，缺金瓯一片，彻夜难眠！

莫应康

莫应康，海南省儋州市人，1942 年生。历任小学校长，中学高级教师。现为儋州中华诗联学会会员。

晨观南渡江

晨曦破雾晓风扬，往返游轮过大江。
百只舟舢鱼满载，丰收又是一天忙。

榕岩仙迹

榕岩奇景面江天，落此仙坛是哪年？
朗夜常邀星月伴，登临及顶写诗篇。

观纱帽岭

纱帽巍巍伫水滨，平生傲世若天神。
插空昂首呼风雨，剑守南疆制恶人。

莲花岭

莲花岭上绽莲花，九吨石台挂险崖。
传说观音曾坐此，红香瓣瓣吐芳华。

夜舟游猴山

峭壁猴山月色朦，几回曲转惑游踪。
馋猴凄冷云端泣，岩影长廊入水中。

舟游风清湾

风清湾里赞清风，碧水江风月色融。
江渚渔人歌调美，吟诗酌酒兴方浓。

倪克振

倪克振，海南省海口市人，1930 年生。中学高级教师，东方市政协委员。

海南三月三

三月海南花怒放，黎苗儿女醉春光。
对歌椰寨凰邀凤，同舞打柴[1]凤伴凰。
杂锦饭[2]香金竹热，山兰酒美玉杯凉。
合欢伞下鸳鸯会，新月弯弯生海洋。

【注】
①打柴，即竹竿舞。
②杂锦饭，即竹筒饭。

○七金秋喜事多（二首）

（一）

劳资合作来乡下，引种幽香白菊花。
重九驱车花圃去，繁花似锦映朝霞。

（二）

今秋处处有人夸，合作医疗暖万家。
低保城乡皆实现，惠民政策播春华。

翁诗川

翁诗川，海南省文昌市人，1951 年生。于文昌工商行政管理局工作。中国诗歌学会会员，文昌中华诗文学会副会长等。著有诗集《雨霖斋诗词》等。

人月圆·荷花

娇姿百媚千池碧，花映水天红。无心春色，情钟季夏，玉立云空。　　芙蓉出水，凌波羞月，君子雅风。一生玉洁，淤泥不染，品质高崇。

蝶恋花·庆香港回归十年

滚滚香江波浪笑，燕舞莺歌，火树银花耀。天上人间歌缭绕，国行两制春妖娆。　　十载彩虹风雨道。共济同心，喜报春来早。经济腾飞声势浩，繁花硕果馨香袅。

人月圆·台海情恨

秋风残月离人泪，两岸意悠悠。亲离国裂，炎黄血脉，日夜愁忧。　　猖狂台独，害民祸国，怒气难收。年年祈盼，团圆皓月，一统神州。

东风第一枝·博鳌

海韵椰风，椰林耸翠，三江汇入海流急。沙滩玉带绵延，波涛笑上天际。渔舟激浪，鱼虾跃，海鸥嘹唳。绿山秀水蜃楼舒，遥眺远山如碧。　风景好，瑞祥聚气。迷四海，杰贤会集。并肩励志同飞，亚洲论坛花丽。和平合作，促发展，异邦同计。笑求共赢创新机，世纪梦圆春溢。

桂枝香·鹿回头

青山霭雾。醉碧海怀中，奇景迷目。山下烟波浩荡，绿椰飘舞。风帆点点悠天际，海鸥啼、声声如诉。海滨村落，炊烟袅袅，百家新筑。　仰仙鹿巍巍玉塑。古神话传说，遍传千户。黎族青年追猎，境穷途阻。回头仙鹿婵娟笑，意绵绵、情海同渡。碧波欢载，美缘好合，恋情千古。

雨霖铃·醉月

倚栏观远，夜天清寂，晚风凉脸。云涛万簇汹涌，飞腾玉兔，彩霞千幻。水色银辉，大地景寒雪光漫。野落处、蛩叫声声，景触柔肠意无限。　　回首昔日年华灿，恋情深，俩比双飞燕。如花美眷情笃，明月下，梦圆情愿。美景良辰，海誓山盟，密语绵婉。意切切、怅恨时光，似水流年转。

翁宪山

翁宪山， 1936年生，海南省万宁市人。万宁市诗词学会会员。当过县级专业文艺团体编导。2007年去世。

故里探灾情（四首）

2005年9月26日，特大台风从我老家万宁登陆，风刚回南，我即从异地返里一探灾情。见闻种种，有感成句。

（一）

达维劫后探家园，极喜村人盛笑谈。
总赞防风组织好，灾年更觉党非凡。

（二）

叔家入视有奇观，盖草护房保瓦全。
晾谷厅堂堆四角，严关禽畜满庭欢。

（三）

路遇甥男作海归，满挑虾蟹两相随。
快言堤决连池漏，补救层层布网围。

（四）

面逢从嫂问家情，笑道今时好运行。
三子各居房“硬”顶，台风狂夜睡安宁。

郭淑珍

郭淑珍，女，原籍文昌人，现居儋州市那大镇。原任儋县经委政工股股长，1991年退休后开始学习诗词和书法。

怀　旧

椰城结伴百年俦，四十年来乐与忧。
协力同心匡大政，并肩携手斗横流。
狂风袭干松无倒，恶疾侵躯命即休。
怀旧不眠肠欲断，是非家事与谁谋。

欢度除夕

冬去春来百物妍，山明水秀乐尧天。
烟花吐蕊鱼翻浪，礼炮飞珠箭出弦。
此夕举杯辞旧岁，明辰拱手迓新年。
东来紫气庭前满，兰桂芬芳带露烟。

欢度晚年

欢度余年垒假山，身虽老弱不偷闲。
栽花植草添新景，养鸟观鱼悦旧颜。
人语鸡鸣天破晓，龟浮鲤跃水中翻。
心情愉快操书本，坐向朝阳眯目看。

○七年四月回家探亲

老大回家看四邻，久违相见觉情亲。
香花漫道携盈袖，绿树阴前迓远人。
电视楼堂新面貌，茅庐矮室旧时村。
水泥公路交通便，摩托皇冠往返频。

对镜羞

两鬓霜花对镜羞，梳妆难返少年头。
英年碌碌无声色，唯叹光阴空自流。

两棵小榕树同栽一盆有感

盘根错节两相亲，昼夜相依屈又伸。
齐得东君施雨露，枝繁叶茂喜迎春。

唐南桥

唐南桥，海南省临高县人，1979 年生。现在县政府部门供职。

别乡吟

莫笑后生无尽孝，远谋致富慰亲欢。
只因负志搏风浪，大器不成誓不还。

感悟偶成

青春莫发老年愁，坐看偷闲白了头。
铁马应宜驰万里，难关闯过乐悠悠。

唐虞政

唐虞政，曾任中学教师。岭南诗社社员，儋州市中华诗联学会顾问。曾与原国家代主席董必武唱和，书信来往18年，结下珍贵且深笃的情谊，被董老尊称为“儋耳雅人”。

敬和董老《游五公祠》（二首）

（一）

唐宋人文蔚大祠，奇缘胜迹集于兹。
先忧后乐诸公策，一贯忠贞万古知。

（二）

喜闻董老谒崇祠，耿耿丹心旅到兹。
第一楼中添正气，海南雅事世传知。

（1957年夏）

附原作：

《游五公祠》

苏公祠并五公祠，唐宋人文已在兹。
李赵兴亡千百载，丹心尚有海潮知。

董必武（1957 年）

次韵酬董老

今贤展谒古贤祠，海外奇缘再见兹。
雅韵遥同蒙赐和，小名深幸大名知。

（1957 年 10 月）

九一诞辰自吟

天赐高龄庆诞辰，腾龙跃鲤日星新。
与时俱进忘忧乐，随遇而安忆屈伸。
王母蟠桃增气色，白衣仙药壮精神。
青山绿水欢声颂，地久天长相吉人。

陶汉珠

陶汉珠，海南省东方市人，1954年生。为海南书协会员，中国硬笔书协会员，东方市诗词学会会员，海南省诗词学会会员。

情系汶川

万水千山隔，本为素莫知。
惊闻山断壁，不觉泪沾衣。
默祷重生处，忧怀未止期。
哀情江水注，流到蜀中池。

黄楼颂

黄楼百尺接云霞，白雪更容烹露芽。
留得徐州依旧在，东坡功德万年嘉。

椰城晨遇

桥下街头丐子庄，云天作被地当床。
横三竖四逍遥梦，身畔华车来往忙。

农　忙

才忙瓜事又插田，炉火无生人未闲。
呖呖莺声林外啭，冰轮伴我夜归旋。

鸟儿催晓

夜色天涯灯火煌，鸟儿何事啭前窗。
莫非误认已天亮，怕我贪眠忘起床？

夜　耕

窗外稀稀挂雨丝，灯前泚笔习书诗。
三更已尽无眠意，却见月明映砚池。

琼岛游览杂咏（二首）

（一）

环岛旅程高速开，风驰云驶畅心怀。
沿途翠绿宜人眼，美景扑窗一路来。

（二）

一路云屏一路诗，万般景色万般奇。
自然生态人人护，留得风光在此时。

陶现奇

陶现奇，军人家庭出身，1947 年生。自小失学务农。

悼念文学农诗兄（二首）

（一）

人去影空志未休，《秋声》玉卷世长留。
回眸往事君犹在，只作寻师异地求。

（二）

终生教泽惠芳桃，索古鉴今睿德高。
应是天宫楼苑起，邀公作赋任游遨。

萧冠汉

萧冠汉，万宁市人，出生于1940年。曾任万宁琼剧团团长，市总工会主席，海南省书协理事，中国书法家协会会员。

神州半岛晨韵

瀚海轻纱罩，千帆带鹭归。
朝阳腾雾出，霞彩踏波追。
五岭林涛滚，三湾仙乐飞。
骚人披露至，雅韵伴晨晖。

朝游东山

林幽千鸟闹，满岭彩云霏。
仙露珠光闪，人潮笑语飞。
轻烟环庙宇，凉气沁心扉。
奇石空中叠，流连不舍归。

黄元辑

黄元辑，海南省临高县人，1923年生。曾任中学教师，南宝卫生院中医；退休后受聘于县志办、政协文史室当编辑，1997年任《临江潮》副主编。中华诗词学会、海南省诗词学会会员。

畅游松涛水库

岁逢辛巳冬十月，中华盛会儋州开。
四方旅客如云集，诗翁诗媪联袂来。
下榻温泉度假村，会议繁忙难抒怀。
闻道松涛景色好，驱车前往睹丰裁。
主人好客情谊重，列队欢迎侍庭阶。
陆续登船向前眺，山光水色望无垠。
清风徐来拂衣袖，两岸葱茏翠如茵。
峰峦苍茫云出岫，巍峨起伏天际伸。
百里平湖光如镜，人在镜里倍精神。
得兴频文争朗诵，前声才歌后声循。
船驶湖中渔网撒，小艇三二捕鱼忙。
须臾收网鱼入篓，刀剖烹调供客尝。
鱼味鲜美胜山肴，宾主尽欢频举觞。
忆昔五八“大跃进”，六万健儿上战场。
战天斗地十二载，大功告成血汗香。
送水五县农田改，年年丰收多打粮。
更有水电网纵横，岛西处处亮堂堂。

美哉南国一明珠，照耀中华遐迩长。
久居市井车马扰，一游仙境烦嚣消。
暮年吾欲筑小宅，长伴松涛乐逍遥。

浣溪沙·金婚赠老伴（二首）

（一）

甲子金婚官与娘，洞房犹记影双双。此生愿地老天荒。　　扫地出门家拆散，携儿伴母历冰霜。一椽草屋苦甘尝。

（二）

一夕春雷喜欲狂，囚衣卸下换新装。普天同庆国重光。　　六十年来长伴守，含辛茹苦育儿郎。情深意厚永难忘。

浣溪沙·下放杂忆（二首）

（一）

六尺平方一犬窝，一家七口奈伊何？风风雨雨晏然过。　水利坝头频苦役，几多臭汗洒荒坡。廿年岁月叹蹉跎。

（二）

岂肯甘心了此生，晨炊草火寸阴争[①]。求知路上觅蓬瀛。　报晓晨鸡天欲旦，小窗喜晓曙光明。行装得整再长征。

【注】

①农村煮糙米时间很长，我每天于早炊火炉房学习中医。

沁园春·纪念苏轼贬儋八百九十周年

天遣眉山，儋耳投荒，八百多年。看古城日暖，远山含翠，群英盛会，缅念先贤。绿瓦粉墙，雕龙画栋，祠宇重修景色妍。登堂谒，见轩昂遗像，正气诗联。　平生豪放超然，虽瘴雨蛮烟也等闲。喜修庵桄榔，兴堂载酒，风流笠屐，酬唱往还。结伴符黎，姜吴受业，文教敷扬万代传。文章在、似江河行地，日月经天。

黄日新

黄日新，海南临高人。县人民医院中医师。海南省诗词学会会员，中华诗词学会会员。

纪念邓小平百年华诞

“凡是”解除“求是”承，雾消门外九天清。
屡经风雨心尤壮，遍历艰辛事竟成。
纠错平冤任善策，图强改革仰英明。
南巡浩气骋怀远，驾御风云叱咤声。

临城夜景感怀

夜幕降临百感生，宜人景色满江城。
霓灯万盏丰年乐，歌唱连天盛世情。
既有工农呼善政，更无风雨挡春晴。
迎来“十五”添新运，明日征途又一程。

黄心集

黄心集，海南省琼海市人，1954年生。琼海市长坡镇东塘村支部书记、村委会主任，琼海黄氏农业开发有限公司总经理。海南省诗词学会会员，琼海诗词学会副会长。

岭仔园生态文明村

翠色护丹台，山村气局开。
青椰沿旧道，碧柳看新栽。
生态香盈路，文明奕世瑰。
彩霞生丽日，紫气自东来。
清池淑气通，雕饰尽消融。
翠盖迎君子，青枝乐醉翁。
毡铺波影外，树绕浪光中。
高唱和谐曲，农家诗意浓。

彬村山农场小住

胶林莽莽罩云烟，椒粒晶莹映眼帘。
坐对青山观滴翠，诗情画意意连绵。
漫步桃源扑鼻香，嫣红姹紫吐芬芳。
感时南国春无限，花树彬村千百行。

合水夜泛舟

兰舟轻荡水粼粼，合水夜游画意新。
举臂怀迎天上月，低头笑数水中星。

黄光美

黄光美，1923 年生，海南省海口市人。曾任完全小学教导主任、校长。

闲 居

老退居休闲，悠游自陶然。
书香飘室内，树影合庭前。
妻喜勤家务，余迷读赋篇。
今生何所欲，惟愿儿孙贤。

黄多锡

黄多锡，1933年生，海南省儋州市人。历任儋县检察院代理检察长、县人大副主任。几年来，与文友主编全国第十五届中华诗词研讨会《诗文选集》（上、下卷）等。著有《剑风骚》一书。现为中华诗词学会理事，海南省诗词学会副会长，省楹联学会及儋州市诗联学会名誉会长。

东郊椰林颂

宾主欣相约，东郊气象新。
扁舟浮碧浪，半岛蕴花春。
海韵吟幽曲，椰风拂旅人。
江山添秀色，骚客焕精神。

夜宿清澜港

早慕清澜欲一游，花红草碧满琼楼。
海无岸际蓝天阔，雨润椰林绿浪幽。
造化工程歌万世，自然良港仰千秋。
乐园幸有春常驻，万众垂青客醉留。

为海南省儋州市荣膺诗词、楹联两乡而作

诗潮联涌荡儋州，结社骚人乐唱酬。
十载辉煌传四海，双乡声誉播千秋。
宜伦江畔添新意，问字亭前展壮猷。
薪火相传坡老后，天南艺苑更风流。

万蔚周先生遗著《景庐诗稿（评注本）》读后有感

久慕先生爱国忧，遗篇风味耐人寻。
满怀正气尘无染，一代清风浊不侵。
报国为民心血涸，抗倭倒蒋后生钦。
莫忘昔日遭冤史，时颂尧天万众吟。

村巷上马石

雨雨风风立巷中，高低循序势从容。
扬鞭登道三千里，留得清名世代崇。

车过石马岭

峻岭群峦入笑眸，江山秀丽乐悠悠。
相传上祖留佳句，石马驰名万古讴[①]。

【注】

①祖上《吟石马》名句云：“狂风荡荡毛无动，细雨霏霏汗自流。”

黄壮军

黄壮军，1941 年生，海南省儋州市人。中学教师。中华诗词学会会员，儋州市中华诗词学会理事。

同窗集会吟怀

寒窗苦读结情缘，阔别重逢忆昔欢。
桃李芳菲熏苜蓿，公门烂漫映阑干。
修身盥得三分白，沥血凝成一寸丹。
相照深为肝胆共，碰杯祝颂乐残年。

全国第十五届中华诗词研讨会在儋召开喜赋

中华骚苑花争艳，红遍幽燕赤遍儋。
八面香风薰绿紫，三秋明月浴青蓝。
田园撷趣吟怀醉，山水滋情咏兴酣。
襄佐诗乡浓翰墨，文坛韵事不虚谈。

黄秀怀

黄秀怀，海南省临高县人。现为硐楼镇居委会干部。海南省诗词学会会员，临高县诗词学会副会长。

咏五指山

五指相连峙大江，几经抖擞振南荒。
依天玉垒云烟暖，拔地金茎雨露香。
敢与星芒参北斗，巧将春色护东皇。
登攀谁会嶙峋碧，正是琼崖万仞刚。

感事写怀

掩卷沉思意未平，诗声何处向潮鸣。
输将暗淡儒冠贱，剩得荒凉席帽轻。
雾失蟾宫空羡桂，云横蜀道独披荆。
莫愁风雨吹花落，依旧春归景自明。

谒五公祠

南天日月照孤忠，不尽潮声溯旧踪。
北望重阍云雾隔，千秋忧乐与民同。

西沙永兴岛夜泊

波堤夜泊梦魂清，难却潮声鼓盛情。
知是翻腾应有意，高歌南海筑长城。

海口新港夜宿

沉沉长夜动愁思，倦眼朦胧看月移。
何处骊歌还惜别，随风吹梦过桥西。

鹧鸪天·我国首次载人航天发射成功喜咏

刺破云涛锷未残，雄风万里揽长天。平分月殿三秋色，结识星河七夕缘。　圆旧梦，谱新篇，炎黄振奋夜难眠。几多寒暑方酣战，策马攻关不下鞍。

黄社民

黄社民，广东省龙川县人，1935年生。历任琼西中学、八所中学教师。

泛舟广坝水库

翠山生碧水，雅意漾中多。
高坝成深库，长槽润片禾。
百年欣得电，千户乐轻歌。
何再携游伴，随心逐浪波。

咏八所

赤贫遗迹荡无存，楼峻街妍华盏纷。
货架往时皆样本，商场今日客盈门。
九龙道大堪消暑，建设路幽好共樽。
富岛游园歌绕海，鳞洲起舞欲腾云。

浣溪沙·飞台奉父灵返乡安息

底处南投梦里怀，漂流半纪总还来。家乡朗月满西台。　　尘世人生终客过，太清去者是归回。悠悠驾鹤犯何哀！

黄良明

黄良明，海南文昌市人，1950 年生。系文昌市文联会员，市作协会员。

看花感兴

余去岁冬见家花在小院中盛开，今转凋落，悯然得句，爰续成律。

亚枝何意欲衰迟，且遣当怀酒一卮。
霜色那堪愁里醉，瘦茎犹耐雪中欺。
缤纷疑是相思泪，摧折似非痛哭时。
拟共春台携手处，移将丛艳发新姿。

肇庆星湖游兴

雅寓幽襟价未尝，平生到得水云乡。
明湖玉鉴飘仙影，天柱玄霄灿斗芒。
日出掌开三圣佛，客来花发九秋香。
翠微列嶂鸟飞处，伫立低吟对夕阳。

游越秀山

登镇海楼五羊石像，游踪拾句，记而归之，爰续成诗。

薰风南国上楼台，满目葱茏百卉栽。
阅世兴亡题句在，迎人花木笑颜开。
仙羊穗赐唐禹甸，珠水灵钟汉楚材。
我欲因之思五岭，此中秀气续蓬莱。

谒海忠介公墓

郊甸孤坟铮骨香，丰碑赫赫阅沧桑。
冤沉宦海何年雪，劫历松楸几度霜。
耿节勇刳奸佞舌，忠精直贯斗牛芒。
英风千古堪凭吊，枨触茫茫慨而慷。

闲赋兰花

春风涧谷尚孤清，移入离骚羡独醒。
为爱芳馨缘屈子，一枝惠予写幽情。

高阳台·西湖感旧

烟柳系船，河桥驻足，斜阳波荡离情。长笛鸣车，俊游应是何年？落英且共归时路，漫低徊，欲笑还颦。暮帘垂，一片伶俜，数点寒星。　　堪怜是事将春约，却老怀萧索，意绪难平。空惹愁痕，悄然爬上华颠。几番风雨妆如许？寄芳思，雁落鱼汀。想年年，神往西泠，梦到湖边。

贺新郎·新春即事

海角云霞蔚，遍郊原，蝶嬉燕舞，日和风惠。腊尽南枝花影动，凯捷迓来新岁。正盛日，流莺声碎。啼绕天涯春意闹，更人间引出群芳醉。渐烂漫，紫红翠。　　开元歌满神州内，举鲲鹏，航天揽月，宇环高会。筹幄宏图操胜算，科技文明国粹。春似锦，山河如绘。非昨日终论今是，问新翻史页前人未？同春庆，共明媚。

风入松·别友

一年容易又秋风，花讯太匆匆。红稀绿退春归处，空凝伫，车水马龙。银汉眼中若许？云山望里几重！　　今宵月冷清霜湿，独立黯疏桐。离杯难再终成别，望人海，一任西东。人面桃花何处，金风玉露相逢。

多俪·寄怀友人

日阴浓，海天烟水蒙蒙。罩清霜，秋声凛肃，落花衰草鸣蛩。久销凝，暮临云暗，望天际，一字冥鸿。独在高楼，知何处是，梗飘萍泛浪声中。人无语，向来归晚，孤影对摇红。秋宵静，枕边清梦，最怯晨风。　　寒烟笼，陇头树色，眼中愁绿残红。久凭栏，雁归沙渚，烟波里，来去匆匆。欲寄无凭，伊人若许？云山遥望万千重。转驹隙，韵光渐老，秋雨断焦桐。徒嗟予，闲听花信，愁锁眉峰。

黄昌振

黄昌振，海南临高人，在校高中生。

参加升旗仪式感赋

皓皓金轮耀宇明，红旗冉冉伴歌升。
凝眸行礼立鸿志，明日征途献赤诚。

观瀑感怀

萦岩绕壑泻深渊，气势如龙倍壮观。
水色山光留不住，誓归大海涌波澜。

减字木兰花·纪念林则徐诞生220周年

销烟浩气，忠愤填膺欣壮举。烈焰虎门，正义伸张振国魂。　　沉冤凄楚，参办河工遭誉毁。渣滓横流，恶浪滔滔恨未休。

浣溪沙·咏莲

何惧孤身葬染池，幽香缕缕露先滋，娉婷玉立舞纤衣。　　芳瓣欣开迎旭日，直根怒扎搅污泥，清心浮溢满怀诗。

浣溪沙·百仞滩

百仞滩头百仞青，往怀古迹入眸明，沧波卷絮溅诗情。　　巨坝横空腾截手，轮机滚滚发雷鸣，万家摘落满天星。

黄宗商

黄宗商，海南省三亚市人。中学语文高级教师。三亚市诗联协会副会长。

咏崖州城

群山环抱古崖州，宁远流长景致幽。
草木无凋皆翠绿，花枝不败尽娇羞。
古城古庙存遗迹，新道新街矗大楼。
雅座品茶聊种艺，家家瓜果喜丰收。

黄建辉

黄建辉，海南省儋州市人，1938年生。从事教育工作四十年。现为儋州市诗联学会会员。

参观梅花岭水电站落成送电感赋

胜日欣看发电源，水声怡耳响涓涓。
崇山叠翠飞时雨，枯木生花不夜天。
电站恩波流万里，古城风采颂千年。
如今科技宏图展，竟把穷乡变乐园。

过儋州白马井渔港

极目遥看沧海中，千帆渔火不相同。
归舟尽奏丰收曲，陶醉朱颜胜日红。

黄益禄

黄益禄，湖南省兰山县人，1937 年生。现居临高县城。海南省诗词学会会员。

当　兵

投笔从戎别故乡，生涯戍旅岂能忘。
行行密码一心记，疾疾电波千里扬。
日复军歌还操令，朝携榴弹与钢枪。
兵营旧雨如安在，应是同吾鬓发霜。

故园情

萦绕心怀故里人，他乡夜夜梦中亲。
琼湘海隔远千里，一拨手机如近邻。

闲　思

花甲经年苦路长，退休日日理书箱。
爱将百姓寻常事，移入诗中自品尝。

黄基长

黄基长，海南海口市人，1948 年生。中学教师。海口市秀英区诗联学会理事。

咏史三题

西 施

安危谁在意，亡国责红颜。
不屑多分辨，五湖当散仙。

孔 明

出师虽未捷，不负黄金台。
尽瘁终无憾，唯因主惜才。

武 曌

治国多佳绩，庸夫加秽污。
碑成无一字，留与后人书。

山 花

不向枝头争早春，只披朝露映红云。
群芳谱上无名姓，春满人间总赖君。

符 俊

符俊，海南省临高县人，1941 年生。曾任县人大常委会副主任。著有《天涯雁声》。

宝岛吟

尖峰古树耸天竖，五指红棉盖世殊。
阵阵椰风掀绿浪，游人度假忘归途。

符 骥

符骥，1936 年生，海南省儋州市人。曾任儋县矿站站长。中华诗词学会会员，原儋州诗联学会副会长。

洋浦抒情

偷得空闲半日游，惊呼旧港启新猷。
仙人掌地悬星路，玄武岩堆揽月楼。
万国商轮浮碧浪，千钧铁臂舞银钩。
几经风雨终圆梦，束束春光无尽头。

敬步许士杰书记《东坡书院》原韵

蒙冤父子倚危樯，万苦千辛共渡洋。
一片丹心劳发白，三年教泽胜金黄。
犹怀眉岭归鸿雁，又喜儋州莅凤凰。
造物无言堪有意，承先启后振吾乡。

故乡行

万顷金波映晚霞，归车满载豆和瓜。
小姑把桌翁提瓮，薯酒分香入海虾。

红树林

喜浴卤潮长处低，信它标格独离奇。
风头不出根头劲，尽是凌沙抵浪姿。

癸未端阳游览两院植物园偶成

同俦漫步入珍林，叶满丛深鸟奏琴。
夏暑温高荫作扇，不唯凉体更凉心。

符日旦

符日旦，海南儋州市人。小学一级教师。儋州中华诗联学会会员。

一　笑

煮豆燃萁道已穷，今朝兄弟喜相逢。
三通两岸春无限，恩怨泯于一笑中。

春到田园

春到人间万物滋，花开红树乱莺啼。
子规声里村姑手，织就田园七彩衣。

符以红

符以红，海南省东方市人，1970 年生。古曲彩瓷设计师。东方市诗词学会会员。

题《红叶图》

仰望山前乱叶重，秋风几度满山红。
山山如舞红花布，尽出画师笔意中。

游鱼鳞洲

鳞光闪烁笛声长，塔立山巅乐导航。
涨落潮声歌不倦，风和沙白醉游郎。

符光玉

符光玉，海南省临高县人。历任小学、中学校长，县信访办公室主任等。

怀念王纲校长

晨光喜吻老苍松，毓德良师作启蒙。
书阁文坛沾雨露，词山艺海浴春风。
一心执教精神富，永世从公志气雄。
淡泊平生何所见，诗篇辞藻晚霞红。

南宝蕉农吟

建房垒灶进东沟，戴月披星热汗流。
冷水半瓢能解渴，清歌一曲可消愁。
芭蕉出果绿初现，脑海盘珠响不休。
喜待金秋商客集，天时地利唱丰收。

符运道

符运道，海南省澄迈县人，1960 年生。曾任小学校长、中学副校长。海南省诗词学会会员。

诗友绿韵雅集

旭日烟轻海水平，莺飞蝶舞百灵鸣。
睢园竹绿甘霖沐，邺水荷荣淡霭凝。
愤世嫉时砭政弊，挥毫泼墨绘民声。
昆仑遥望心湖静，飞过长空雁轨清。

符志行

符志行，海南省临高县人。早期参加革命，历任琼崖纵队三总队总队长，新中国成立后任湛江警务区司令员，中国空一军副参谋长，离休后享受副兵团级待遇。

怀念张诚军同志

碧海征帆历苦辛，投身戎马笑声频。
风餐露宿英雄志，破釜沉舟烈士魂。
监狱惨刑难辱节，枕戈奋战失知音。
天涯芳草埋忠骨，闪烁灵光照后人。

重游南痕岭故址

五十年前山寨东，南痕依旧展雄风。
烽烟故迹春花艳，碧血遗痕橡叶浓。
空谷林中寻旧梦，险崖溪畔觅行踪。
家乡父老迎相问，学艺勤耕济世穷。

颂一月梅

盛夏无花绿伴溪，不随杨柳舞娇姿。
严冬落叶堆残雪，一旦春来花满枝。

游六峰山有感

六峰奇秀几春秋，鹤立重峦去或留？
拾级千层临绝顶，群山如画映江流。

浣溪沙·边关秋色

夕照丛林一片红，边关时令到群峰，西风落叶万千层。　　但见重峦堆积雪，松林碧绿仍从容，觅寻归路意还浓。

清平乐·呼伦贝尔大草原

草原深处，四野茫茫路。远眺羊群通天圃，疑是白云飘度。　　行人来去匆匆，乳香意切情浓。不问君何归去，依然欢待重逢。

符秀选

符秀选，海南省儋州市人，1936年生。曾任县政协副主席、县人大副主任等职。

怀某君

此生挚友数斯君，耿直不阿撼仕群。
昔日隆冬相取暖，旧州西照见几人[①]。

【注】
①旧州西照即儋州八景之一。

符忠昌

符忠昌，海南万宁人，1939 年生。历任新华社记者，海南省人大外事、华侨委员会主任。海南省作家协会会员，海南省诗词学会理事，著有《漫步集》等。

夜宿黎寨

日落山乡篝火明，踏歌跳月过三更。
夜凉如水人归后，又听家家舂米声。

访五指山水满茶乡

五指参天翠万重，野茶老树白云封。
黎姑匿影寻无着，忽有茶歌出远峰。

符学良

符学良，1939年生，海南省洋浦经济开发区人。曾任中学语文教师、学区主任。中华诗词学会、海南省诗词学会会员，著有《雁过留声》。

中秋夜与乡友团聚

诸友故乡聚，寒暄语不休。
举杯同赏月，觅句共登楼。
盛会原难得，知音岂易求？
流连忘夜永，莫负此中秋。

观洋浦开发区破土动工

洋浦开工日，争观万巷空。
彩旗飘猎猎，机器响隆隆。
喜讯闻天下，功勋载卷宗。
国门开放好，崛起海陬雄。

符耿波

符耿波，海南省儋州市人，1964年生。现任儋州市人大常委会副秘书长。海南省诗词学会会员，主编有《望江吟酬唱集》等。

望江吟

一望长江解我忧，不登彼岸岂甘休。
羞嗟秋榜随波逝，肯让年华付水流。
搏击云霄重展翅，纵横学海任推舟。
他年若遂平生志，宝岛腾飞献一筹。

丙戌年清明东坡书院谒苏公有感

清明邀伴谒苏公，为溯先生化育功。
载酒堂中留雪爪，桄榔庵下启文风。
孤忠气节存今古，道范风标立始终。
地转天旋千载后，依然铜像映花红。

贺侄子国儒考取天津医科大学

兴邦系教岂寻常，硕士终能重任当。
学海遨游求邃密，杏林化育沐芳香。
活人济世铁肩远，报国匡时矢志刚。
他日京津名大噪，今朝酒饯亦荣光。

长坡中学七九届高中同学聚会感怀

长亭折柳尚依依，中道花明有指迷。
七彩人生逾不惑，九原春草沐朝晖。
届期砺志寒窗读，同喜真龙破壁飞。
学有所成图报国，会筵谈颂政明时。

符高华

符高华，海南洋浦人。历任小学校长三十余年。儋州市中华诗联学会会员。

元旦感怀

物换星移岁又新，天公得意送春臻。
百花含笑飘香蕊，万树向阳芃绿阴。
可信三春多喜气，更教十亿长精神。
长征骏马争跨步，国运兴隆又一辰。

符琼柏

符琼柏，原籍海南临高，1947年生于海口。九三学社成员，曾任海口市十一届政协常委，海口市体校训练处主任。中华诗词学会会员，海南省诗词学会会员。

南丽湖暮游

群山披晚照，星落满湖盘。
探手抚银月，摇船上碧天。
舒心凭浪语，醉意任云颠。
回首从来处，琼楼邈若仙。

香水湾问答

基尼赤脚踏金沙，细浪多情问倩丫。
暮守青山朝守日，魂飞碧海魄飞霞。
蝶蜂抱梦寻芳蕊，燕鹊追春到翠涯。
更喜野花偷月色，一湾香气袭侬家。

昙花恋

宵阑守望御花开，素锦盈盈雾里来。
云袖轻舒方笑脸，灵犀欲点已瑶台。
无情春水流花瓣，有意秋波送柳眉。
倩影依依留不住，香腮脉脉梦中怀。

望　乡

绝顶风声呼海澜，万泉宛转阅群山。
斜阳锦岸千畴碧，一处轻烟是故园。

清澜晓月

和风漫步品清澜，俏浪娇椰戏岸边。
万里碧波衔晓月，渔家梦醒理征帆。

符赐钱

符赐钱，海南省儋州市人，1957年生。中学高级教师。中华诗词学会会员，儋州市诗联学会副会长。

蚕　咏

吐尽心中万缕丝，身藏茧内待时机。
有朝一日添双翼，破壁腾空任意飞。

陋室吟

培桃育李度蹉跎，容膝斋房岂有歌？
可恨平生不及燕，一年一度进新窝。

符策坚

符策坚，海南文昌人，70后出生。国家公务员。现系海南省诗词学会理事，文昌市青年联合会常委，文昌中华诗文学会会长，著有个人新旧体诗合集《蓝季风》。

遥寄毛公山

奇山奇景结奇缘，一代英姿枕宝山。
巨著宏篇千载业，青峰夕照映酡颜。

天　灯

扶遥直上照天门，闪入银河混古今。
不识孩童连叫嚷，纸灯认作一星辰。

题桃源江[①]

桃花梦里寻千遍，阡陌田畴绿接天。
笑我不如晋陶令，悠然赏菊到南山。

【注】
①桃源江又名头苑江。

游天涯海角

穿梭游客岸头沙，不醉鲜花醉浪花。
到此国门谁道远，春风万里遍天涯。

远眺月亮湾

漫漫平沙似白虹，嫦娥舞带下蟾宫。
波峰林海叠成线，旭日沉浮霞浪中。

鼓　石

千寻百觅入山深，右打左敲辨鼓音。
应慰将军魂尚在[①]，天高日正照重林。

【注】
①将军即伏波将军。

风动石

女娲炼石补青天，遗失几时镇此山。
霹雳千声浑不动，轻风半缕点头欢。

石头公园

千牛横竖引停车，闲卧海滩憨态殊。
激浪峥嵘铜鼓地，当年八阵石踪图。

符道欣

符道欣，海南省临高县人。临高县实验小学教师。

二男考上大学感赋

十载寒窗学海中，几经风雨化成龙。
天公有意开云路，破壁腾飞达九重。

符瑞熙

符瑞熙，海南省儋州市人。农业技术员，农业经济师。曾任原儋县县委常委、农村部部长，儋州市人大常委会主任。

野草颂

——寄给“三农”第一线的

共产党员

万里平原万里青，茸茸植被自然生。
红蕾沾露朝阳放，绿叶迎风向日倾。
色染江山成彩画，心怀社稷献真情。
春来吐蕊香千寨，雨润新芽又复萌。

广场观风筝

晴空万里广场前，竞放筝鹞数百千。
爬地蜈蚣牵上线，亦同鹏鸟上青天。

山泉水

涓涓泉水向东流，润物育人绿万畴。
曲折几经环岭去，下川入海尽飞舟。

全国生态典型美万村题照

水连山也山连水，碧绿清幽数万丘。
龙眼荔枝相掩处，平坦道路尽琼楼。

走近生态典型连片小康村①

红山麦草互相连，武教榕阴遮日天。
果树花开香扑鼻，蝉歌一路唱君前。

【注】

①海南省儋州市南丰镇的武教、红山、上麦草和下麦草村是全国典型连片小康村之一。

符殿选

符殿选，海南省临高县人。1957 年参加工作，曾任中学校长，县教研室主任。海南省诗词学会会员。

天涯海角游

昔日鬼门关，今天客旅酣。
花迷山水秀，浪醉石沙欢。
四海虹桥架，五洲云彩连。
举杯邀皓月，万虑一时湮。

松涛水库

红旗三面卷，锄落展宏图。
血沥凝长坝，汗流积大湖。
电光羞玉兔，清水乐农夫。
沉醉烟波渺，远山林鸟呼。

含羞草

浓妆淡抹赛西施，手触花枝皱脸皮。
不驻公园无入画，四时为地著新衣。

盆中柏

身材屈曲植盆中，摒弃坚贞献媚容。
根浅土稀无出路，贪图享受别葱茏。

游松涛水库

楼船破浪放歌喉，两岸青山相伴游。
更有鳙鱼迎远客，听涛一路去闲愁。

符静涛

符静涛，1922 年生，海南省儋州市人。解放军师职离休干部。中华诗词学会会员，岭南诗社社员。部分作品收录入合著本《十人诗选》。

卢沟桥怀古

古桥雄伟世闻名，八百春秋历险平。
日寇侵凌如豕虺，中华奋起抗鲵鲸。
“三光”毒策人心愤，一诏宣降鳄泪倾。
血雨腥风何所惧，“卢沟晓月”永娉婷。

琼崖纵队老战士广州春节茶话会上作

琼崖旧友聚羊城，佳节清茶话历程。
转战兴邦同论道，驰驱抗战共谈兵。
露营雨水侵衣湿，夜枕干戈伴月明。
二十三年旗不倒，怀思往昔励豪情。

梁 光

梁光，1956年生，海南省儋州市人。木棠办事处主任。中华诗词学会会员，儋州市诗联学会理事。

乡村见闻

寻胜到农庄，风和万物祥。
层林红果醉，梯地绿茶香。
花馥蜂收翅，山青鸟练腔。
绝无喧闹事，何异在天堂。

科技兴农感赋

不赖神仙福，棚中万物华。
枝头悬白果，叶底挂黄瓜。
秋种三春菜，冬开四季花。
奇葩科技绽，瘠土孕金娃。

梁树森

梁树森，1915 年生。在海口市操照相业约五十年。中华诗词学会会员，海南省诗词学会会员。

读丘文庄《藏书石室记》书后

身入翰林院有年，归营石室故居前。
藏书到处搜余本，买地几回折俸钱。
经史百家供众览，春秋两祀集群贤。
官高从未忘桑梓，盛德华章万口传。

过红城湖，见谢良裘题书感赋（二律录一）

红城湖畔立多时，老眼摩挲顿觉奇。
人已无辜罹浩劫，书还有幸勒丰碑。
才高鹦鹉徒堪羡，枝寄鷦鷯竟被疑。
屈指音容廿载隔，临风搔首泪涟洏。

答荒芜寄《纸壁斋集》并询近况

诗翁几度惠书来，问讯不忘到不才。
自愧驽骀封故步，奔驰讵望并龙媒。

梁积成

梁积成，海南省临高县人，1950 年生。现为中华诗词学会会员，海南省诗词学会会员。

澹庵泉凭吊

村民世代护朱丹，古勒千年字未残。
济困深恩安可忘？伤怀故曲不轻弹！
经纶满腹庸侪妒，傲骨一身佞贼寒。
自古英贤多受难，由来尽作等闲看。

秉　性

弹指庚辰逾半生，嗤然苦笑顾来程。
临凌岂肯钻裆过？面利从无忘义行！
为应三餐昏志向，因怜双膝薄功名。
不知庭草奢求甚，几度刨根总复萌。

冬　牧

潇潇淫雨北风寒，野牧群童缩作团。
浸水枯枝焉着火，和泥白薯且充餐。
环观暮暗归心急，又挂牛饥度夜难。
此际华宫应纵酒，人间天上任悲欢！

农忙时节

累断腰身六月天，田间老少汗如泉。
官车结队盈堤道，阳伞成龙蔽陌阡。
昂首大员轻踱步，争风小吏抢陈言。
谁知此日开销额，又足农家享几年？

岳阳楼

巴陵胜状自悠悠，岭树江流秋复秋。
幸得希文忧乐赋，风流独属岳阳楼。

海边行

日暮潮归乐海鸥，老翁掮网上孤舟。
茫茫夜色知何去，道是天明赶市头。

哭昭君（二首）

（一）

沦落深宫任践蹂，敢萌治国定边谋？
可怜绝代红颜女，泪浸芳名万古流。

（二）

捐娇塞外慰胡酋，战事连年未见休。
百万征人旋作鬼，昭阳复有秭归否？

韩 涛

韩涛，海南省文昌市人，1958年生。历任市委党校校长，市政协秘书长，市科学技术与信息产业局局长等职务。海南省诗词学会理事。

满江红·紫贝春声

春绿神州，驰喜讯，群情欣悦。遥望见，风情万种，最知时节。玉树暖迎沧海日，珠帘光动锦城月。喜娇俏，彩笔绘宏图，心头热。　昌四化，兴伟业。谋体改，操英策。正长车驾驭，鼓声无歇。万里乘风龙虎会，争流百舸云雷烈。更佳哉，紫贝振新猷，惊天阙。

青玉案·侨情礼赞

为公慷慨芳名树，妙笔赋，惊人句。新镇华街姿韵露。锦楼高崛，红藏绣户，功耀精英谱。　侨乡铺就财源路，桃李妖娇茂林护。最是侨情偏好处。造福桑梓，赤心相互，紫贝庆飞渡。

韩江波

韩江波，海南省儋州市人，1963年生。现供职于农业银行省分行办公室。

闽越行吟

古镇泉州

春风伴我上泉州，古镇新姿竞入眸。
海路通商迎远客，桑莲圣地展风流。

游武夷山

万壑空蒙春色美，丹山碧水妙奇峰。
遗踪回荡紫阳韵，叠翠峰峦气势宏。

品大红袍

一挂红袍美誉驰，龙窠沐露亦传奇。
仙姿隽永留香醉，静看品斟总入诗。

访遇林亭窑址

山村翠壑卧苍龙，古道清溪雨正浓。
寂寞深丛千载后，寻踪喜得睹真容。

登厦门日光岩

结伴偷闲游鹭岛，登临远眺浪滔滔。
晃岩激荡英雄气，两岸相连壮志豪。

韩林坤

韩林坤，籍贯山东省章丘市，1973年生。就职于铁路部门，工民建专业工程师。海南省诗词学会会员，中华诗词学会会员。

落　叶

昨夜霜兼雨，漫天看舞黄。
青时无绚烂，枯后尚清芳。
莫笑三秋瘦，曾遮一夏凉。
西风飞倦了，树下是家乡。

落　叶

静美如眠蝶，忧伤甚落英。
有风吹翅动，无力返枝荣。
天地唯三尺，青黄即一生。
生人知也未？踏碎是心声。

戊子年三月十三日作

野马春风不易羁，看花转眼剩荼蘼。
凝眉岁月几条褶，失手情怀满地瓷。
爱惜文章疏笔墨，护呵形迹远瑕疵。
当年此日一声哭，解得平生尽数诗。

惊 蛰

九九和风催鸟鸣，啁啾一例脆生生。
萌芽稍现峥嵘意，破土犹闻呐喊声。
寂绝长寒眠欲死，怦然轻绿喜如惊。
春恩恐向梅花薄，吹到梅花分外轻。

丁亥九月致欧阳姐芳辰

清辉孤影坐轻寒，小照灯前一再看。
芳诞几人同酩酊？秋光两地各斑斓。
情于真处何妨远，心到温时难免酸。
笑意氤氲胡不语？知君不语即平安。

丙戌秋日寄舍弟

西风吹旧客中衣，满眼黄花雁过时。
人各江湖同况味，愁分尔我并乡思。
苍枝故里空招耳，零叶天涯何报之？
但有家书夸侄辈，忧心莫许白头知。

网上三年感怀

镜内乌纱仔细看，人讥太守镇槐安。
嗅中黄米已然熟，望里葡萄依旧酸。
炙手三年未嫌烫，掉头一刻顿生寒。
我何与我周旋久，恍恍不知谁在叹。

高阳台·雪

白草萧萧，寒枝瑟瑟，西风杀尽残秋。银甲翻飞，一鞭十万兜鍪。江山四季枯荣史，但凭君、一笔全勾。倩谁看，漫舞轻扬，写大风流。　　仙家名册分明道：尔前生为水，仙籍瀛洲。入得红尘，非关风月闲愁。潇潇洒洒枝前过，任殷勤、不予回眸。却无心，赚得梅花，为汝白头。

水调歌头·别后寄三狂兄

直把樽如海，直把砚如山。英雄漫说老矣，走马下重关。打点江南山水，收拾中原风物，一日路三千。真觉江湖小，滚滚泻毫端。　因阙里，来塞上，会集安。先生风度，不识不忆再忘难。莫让杏花开彻，留得湖光似雪，梦里尽情看。挥手黄沙起，长忆是查干①。

【注】

①查干，即查干湖。

满江红·寄黄龙府成名兄

君我相逢，北疆正、花开时节。人亦是，风流慷慨，壮年英杰。水墨生烟皴雅意，风尘携酒送行客。总遗恨、未得践前盟，看山约。　查干路，风沙烈；黄龙酒，肝肠热。任春衫沾泪，一杯长别。回首忍看身影黯，重逢怕见青丝雪。料逼人、老却是功名，思量着。

韩国强

韩国强，1942年生，海南省儋州市人。历任儋州市委宣传部副部长、市文体局局长等职。中国苏轼学会理事，海南楹联学会副会长，海南省诗词学会常务理事，儋州诗联学会常务副会长。著有散文集《寻访东坡踪迹》《北门江之歌》，评论集《苏东坡在儋州》，诗词集《岁华集》《同道集》（与人合作）等。

欣见楼顶沙漠玫瑰枝头缀满红花，艳丽可爱，叹鲜为人知

清晨拾级到楼顶，一片红花扑入目。
乍观疑是彩云现，朵朵神奇绿枝覆。
一堆瘠土扎根长，转眼扬花几十簇。
英姿一见使人爱，可惜芳名榜未录。
虽云名雅不妖冶，未涉情场嬉笑逐。
出头信是获争宠，羞入宫廷媚上伏。
悄悄角落露笑脸，同扮人间已满足。
应怜艳丽眼前亮，伴我行吟岂孤独？
世间多少隐名辈，争得春光去又复！

鸟瞰洋浦

名声闻海外，重访兴难描。
椰海千层绿，花丛十里娇。
巨轮如蟹聚，峨厦若礁饶。
浩浩春风拂，激扬建设潮。

游尖峰岭

脚踏珍珠薄雾搂，欢欣雅韵荡心头。
风挑密叶箜篌响，鸟唤亲朋玉笛悠。
破石飞泉弹妙曲，穿山的士醉荒陬。
胸中纵有千忧积，至此观光无一留。

遣　怀

掩卷庭园漫步行，安然卸任一身轻。
虽无动地惊天业，却有梅魂菊魄情。
正直为人羞混世，辛劳运笔不图名。
清风两袖何惆怅，意足东坡伴此生。

咏奇石《壁立千仞》

网友飞雁流云游雷公潭，得一奇石赠我，爱不释手，命其名曰壁立千仞，并作此诗抒怀。

注视摩挲倍觉亲，只缘此石最传神。
千秋风雨群峰屹，恰似人间无欲人。

观　海

息鼓消威露白沙，天边雾散印红霞。
波涛万卷称奇画，此刻微澜别样花。

东风第一枝·逛黄州赤壁

古迹扬名，风骚入典，引来多少倾慕。琼楼高阁幽篁，庭园美如画幅。欢欣注视，华堂内、珍藏词赋。凭栏眺、不见惊涛，风卷眼前翻绿。　思往昔，泛舟盏举，乘皓月，扣弦醉诉。正经从政遭诬，竭诚为民被妒。千般磨难，激情涌、流传名著。看游人、追溯贤踪，赞语已萦归路。

念奴娇·椰颂

村边海岸，看椰树、挺拔凌霄群植。箭叶苍穹翻绿浪，仙曲悠扬飞越。翠盖天涯，金堆果店，国宴香琼液。椰风旋律，带来南岛甜蜜。　　暴雨狂飓行凶，根深如铸，撼动谈何易！贡献浑身为社会，从不张扬功绩。正直生存，羞于屈膝，风范边疆立。举头远望，盈眸皆是春色。

虞美人·大型广场文艺表演《花城风情美》

悠扬旋律空中绕，锦袂相辉耀。龙腾狮跃鼓喧天，电视传真盛况喜空前。　　儋州无愧歌乡誉，独特风情美。四千儿女几风流？纤舞徐歌倾倒万千俦。

浣溪沙·农村午休

赤膊乘凉汗满身，茗香围品二三巡，时兴模仿邑中人。　　闲话当今天下事，动情最是恤农民，耙犁忙备闹初春。

曾 巍

曾巍，海南澄迈县人，1965年生。外科主治医师。现在海口市人民医院工作。海口市秀英区诗联学会会员。

中 秋

酥饼伴名茗，亲朋坐一亭。
笑谈风月事，细说女儿情。
玉兔银光泻，良宵盛景明。
夜深霜露重，不忍踏归程。

曾令明

曾令明，海南澄迈县人，1939 年生。曾任海南省政协文史资料委员会主任，省水利局组织人事处处长。现为海南省诗词学会会员。著有诗词集《三余吟草》。

游桂林

岁值寒冬客桂林，风光无限四时春。
漓江水冽环城廓，独秀峰高伴雾云。
芦笛悠扬萦玉宇，七星绚烂醉游人。
洞幽缥缈姿千态，似入仙宫快意巡。

相思曲

一九四九年秋，内兄随军赴台，时年相隔三十五个春秋，有感而作。

又逢秋半玉盘升，托月传书及海瀛。
卅五冬春双岸隔，万千思绪四时增。
犹知兄弟思家意，更晓同胞恋国情。
但愿中华成一统，举杯共话九州兴。

亚龙湾暮眺

泓湾胜境醉神仙，弯月银滩玉带环。
海碧天蓝山滴翠，鸥怜灯火逐渔船。

九龙江

波涛滚滚浪重重，截水拦腰一坝横。
电站多情牵玉带，挥星流月耀长空。

博文溪（二首）

（一）

平素流溪韵自清，乍来风雨若龙腾。
化为潭水深三丈，不及乡关育我情。

（二）

波逐溪流戏浪花，银光潋滟映朝霞。
多情翠带驰遐想，化入江河到海涯。

曾亚运

曾亚运，海南省文联委员，海南省作家协会会员，海南省诗词学会会员，万宁市文联主席，万宁市作家协会主席。出版诗集《椰风》《爱洒边陲》《春满天涯》。

海边独自观景

独坐礁盘顶，微知水气凉。
听波风话别，看浪石争强。
海阔能舒眼，帆孤亦热肠。
姑娘姗步过，脚印引思长。

黄昏看东山

三峰设嶂锁烟霞，几点红楼许是家？
难见东山真面目，日头斜照雨垂纱。

晚　钓

碧水依依落日斜，柳堤紫燕唱枝桠。
鼓蛙想挽夕阳住，陪伴渔翁钓晚霞？

环卫工人

细雨街头网冷清，寒流逼退满天星。
鸡啼四起城贪睡，两两工人扫北风。

石顶孤树

明知巨石远山林，还把根须壁缝伸。
就为荒坡添秀色，一生孤独对朝昏？
一片荒坡爬老草，石间孤树独留春。
长年愿受风霜雨，报答根端寸土恩。

曾传鲁

曾传鲁，海南省儋州市人，1930年生。原儋州市政法委常务副书记，现为中华诗词学会、海南省诗词学会会员，儋州市诗词学会常务副会长。主编全国性《曾氏诗词选集》，已出版，并有诗词专著《小草集》问世。

日 出

东方红日出，照耀万山头。
竞发峦中木，优游水上鸥。
桂花香十里，黄菊笑三秋。
长此尧天戴，春风暖九州。

天路通车

欢庆人如海，红旗卷浪波。
铁龙跨屋脊，藏舞满山坡。
冻土低头日，牟尼昂首歌。
添薪炉火旺，煮沸冷三河①。

【注】

①三河，即清江河、比麓河、沱沱河。

颂农艺师

顶风冒雨十多年，朝夕躬耕试验田。
前种后栽皆茁壮，外移内接总鲜妍。
丰衣足食歌穰岁，斗酒只鸡醉若仙。
秀丽家园谁点缀？农师巧手绣人间。

咏征人

东方喷薄早鸡鸣，唤起征人赴旅程。
头戴晨星开富道，手持铁笔写文明。
宜将赤县金汤固，莫让长城蚁穴倾。
杜渐防微于未患，好为新世创繁荣。

晚　照

大地微微送暖风，桑榆洒满夕阳红。
遥看万水铺金带，又觉群峰驾彩虹。
此景此情人共仰，如诗如画意相通。
登高纵目南山上，一片辉煌映宇中。

秋　思

人生处世总千般，有暖如春亦有寒。
万点花飞朝夕易，一帆风顺古今难。
华筵聚后终须别，明月圆过亦自残。
往事伤心了无益，眼前且趁酒杯宽。

老黄牛

平生服役不须鞭，那管阴晴冷热天。
致力躬耕嫌不足，卸肩犹恋早春田。

晚眺渔港

竞发千帆破浪中，夕阳斜映海天红。
晚风轻奏椰林曲，万盏渔灯点碧空。

咏小草

不比花香与树高，萋萋含笑任风摇。
天为罗帐地为榻，露宿风餐亦自豪。

高登百尺楼

老身无事乐优游，策杖高登百尺楼。
放眼纵横天下事，风云变幻使人愁。

曾克良

曾克良，1936年生，海南儋州市人。小学高级教师。儋州诗联学会会员。

天涯早春

东风习习步天涯，滴翠流红万树花。
阵阵轻雷惊大地，绵绵细雨润平沙。
知时布谷争春早，叱犊黎民竞岁华。
似锦江山谁点缀，春姑作美乐千家。

拜访阮中岐先生从台湾回乡

蜚声远达信诗翁，谢职还乡振雅风。
两岸归心思海晏，三通游子望晴空。
云消日暖融融乐，水秀山明处处同。
今幸有缘相际会，举杯祝福贺飞龙。

曾冠英

曾冠英，1938 年生，海南省儋州市人。曾任乡镇与二轻局干部，五十三岁开发农业科技基地。儋州市中华诗联学会名誉副会长。

欣赏家庭甘竹笋基地（四首）

（一）

征衣脱下又归农，种竹筹谋劲未松。
生态景观添一笔，高科兴国见其中。

（二）

松风竹节古今传，其境亲临信自然。
绿浪清风心欲醉，美观那大不思还。

（三）

垦荒志气贯长虹，自信深山有卧龙。
着意描山山欲醉，深情种竹竹葱茏。

（四）

劳逸坚持百日功，精神倍觉老还童。
千锤百炼身心美，胜过佳人做美容。

曾维招

曾维招，海南省澄迈县人。现从商。海南省诗词学会会员。

尖峰岭

驱车九曲一天池，叠翠群山展壮姿。
更有尖峰争耸立，欲从云外探神奇。

咏金江湾

旭日初升映碧空，江中渔艇醉春风。
南堤古树烟波起，北岸平湖隐巨龙。

长荡湖

长荡湖中碧浪掀，莲葩绽放舞翩跹。
木舟筵宴宾朋醉，佳丽抱琴弹别弦。

谢 敏

谢敏，海南省儋州市人。曾任儋县检察院副院长。儋州市中华诗联学会副会长。

深秋游尖峰岭

岭上秋风染，云烟漫险峰。
天池花浪碧，岭树叶枫红。
客栈林荫下，酒亭水域中。
银灯星点点，胜景醉诗翁。

白马井古镇

马井甘泉涌，伏波浩气宣。
人才连踵出，古镇盛名传。
历史光前绪，文风启后贤。
千秋香翰墨，乡土耀诗篇。

谢 琦

谢琦，海南省临高县人，1935年生。退休干部。中华诗词学会会员，儋州市诗联学会理事。

虞美人·荷塘情韵

莲蓬夜夜餐金露，淡淡池塘雾。银河两岸舞东风，天际流光闪忽乐心胸。　天公霹雳情何了？错指鸳鸯渺。时经半纪忆芳踪，失去春光重聚急匆匆。

谢民英

谢民英，海南省儋州市人，1945年生。从部队转业后，历任市史志办主任，市经委主任，工业局长兼市委副秘书长。现为中华诗词学会会员，海南省诗词学会理事，儋州市中华诗联学会会长。

学习“八荣八耻”感悟

人生绚丽欲何求？泾谓分明劣与优。
大地母亲恩永报，炎黄血脉爱深留。
与时俱进文明路，聚力同操命运舟。
愿作勤耕牛嚼草，恳诚奉献暖心头。

怀念军营

应征入伍着军装，部队情怀岂可忘。
熟听号声传命令，惯看靶地舞刀枪。
老班长问寒犹暖，指导员谈话发光。
革命熔炉青火炼，英才辈出壮家乡。

海南建省二十周年有感

年青二十正华容，魅力迷人热恋中。
世姐风姿情尽洒，论坛玉语意相融。
航天择站嫦娥喜，保税成区货舸隆。
海外孤悬成历史，自由贸易劲东风。

美梦成真

千年美梦已成真，亲访嫦娥广袖身。
邀舞依稀近芳泽，倾谈隐约听乡音。
寒宫奥秘谁能揭，盛世科研术可询。
丹桂人间通互有，大同世界乐天伦。

劲 草

劲草芳菲笑疾风，安然得意乐其中。
春光送暖新枝发，叶茂根深色愈浓。

淮安诗梦

参加全国淮安地区诗教工作会有感而作。

心宽枕睡自然香，古韵牵萦入梦乡。
稚子朗吟犹广乐，迷糊仍记睹诗墙。

谢运喜

谢运喜,1965年生,海南省儋州市人。中华诗词学会会员,儋州市中华诗联学会理事。

月下琴

独坐幽篁奏锦琴，秋声惹起夜愁深。
林中心意无人晓，明月知音万里寻。

云月湖生态文化论坛

儋州景致似杭州，云月湖娇第一流。
生态论坛添异彩，霞光晨露惹人游。

龙门激浪

一叶轻舟一钓翁，景妍阳艳沐春风。
奔腾激起千层浪，正气雄风荡我胸。

蓝洋温泉

蓝洋如画玉娉婷，蓬岛瑶池醉客朋。
僻壤寻幽非性僻，温泉流水胜春融。

谢良裘

谢良裘，1910年生，海南省儋州市人。生前任教琼台师范，潜心教育，工诗善书，为海府名师。“文革”中被迫放下教鞭，受尽折磨，1968年含冤辞世。著有《谢良裘诗词选集》，2006年由其子女付梓。

琼台师范五十三周年校庆有作（二首）

（一）

教开琼岛溯源流，作育英才业绩优。
桃李种成千万树，沧桑历尽五三秋。
时逢佳节添新咏，座满春风胜旧游[①]。
传语同寅期共勉，百年大计好绸缪。

（二）

济济员生会一堂，同歌校庆日初长。
培才深望成师表，施教还期有妙方。
工读力行新学制，甄陶除却旧规章。
悬知座上群英在，苦战从增海岛光。

【注】

①过去余曾就读于此，觉今远胜于昔，故云。

寄允怀前辈

先生清兴近何如？愧未裁笺问起居。
眼力定随年事长，胸怀久与利名疏。
娱情窗外几竿竹，作伴床头数卷书。
性静莫嫌茅屋小，渊明原自爱吾庐。

秋日忆母

故园别后又秋残，时序催人感万端。
菽水几曾供子职？晨昏每自忆慈颜。
敢烦红日为嘘暖，莫遣金风更送寒！
待得平和归去日，团圆想见一堂欢。

初　夏

赏春才喜度芳辰，又是清和枕簟亲。
去日枝头花似锦，今朝池畔草如茵。
千秋献瑞钟鸣早，万木扶疏鸟下频。
传语山樵休翦伐，留将绿荫覆行人！

和友人暮春韵

东君欲去且勾留，一瓣心香当薄酬。
飞絮风轻犹带恨，阳春曲妙独消愁。
寻芳莫讶花间蝶，唤雨应怜陇上鸠。
记别伊人春又晚，柳梢惟见月如钩。

明日逢春，先有所寄（二首）

（一）

海宇千家乐，乾坤万象新。
愧予长作客，徒忆故园春。

（二）

好鸟知时节，枝头报晓春。
故园团叙日，犹有未归人。

参观此期各界书法展览，拙书幸获评选一等，戏成此绝示意

笔下惭无八法功，涂鸦那得拟飞龙？
偶如跛老登山去，历尽艰辛到上峰。

泮溪小憩

晚来小憩清溪畔，柳拂风轻助咏吟。
佳侣双双乘小艇，载将明月荡波心。

谢良鼐

谢良鼐，1927 年生，海南省儋州市人。早年执教杏坛，历任中学教导主任、副校长等职。1984 年改任东坡书院管理处主任。儋州市二至四届政协委员。中华诗词学会会员，海南省诗词学会理事。1998 年病逝。著有《天涯雪爪》《源园吟草》等诗文集。

旧城开发区

卡车奔日夜，尘土满街扬。
旧城今开发，趋此时髦妆。
新区宏图展，农者却忧伤。
良田近千亩，规划建民房。
移来南山土，填平江畔庄。
丰收喜在望，水稻已含浆。
忍心将土盖，不待收斗粮。
良田作基地，价值不相当。
贱价买田地，贵卖饱私囊。

友人探亲返台即事有赠

昔闻寓居在台北，欲谋一面山水隔。
此生何意作参商，白头犹是他乡客。
忆别乡关五十春，鱼沉雁断梦中人。
晨昏思妇楼头望，逢花见月泪沾巾。
孤鹤忽从海上至，相逢如梦似非真。
本是君归探戚友，却疑客至笑芳邻。
老妻破涕翻为笑：“谁料今生会有因！”
门前手种枇杷树，杈桠合抱迎远亲。
山水行吟多丽句，思亲上冢斜阳暮。
经旬话旧意缠绵，欲别情丝还系住。
夷洲归去凭寄语：炎黄两岸同宗祖。
共襄大业释前嫌，神州统一齐擂鼓。
黄河清兮庆升平，春暖冰消道路清。
城东折柳送君去，云海苍茫无限情。

陈理之山水画展并序

画家陈理之先生旅居台湾。今岁元宵伉俪回乡，于东坡书院迎宾堂举办画展，因为诗赠之。

陈生伉俪数归程，恰是花开月正明。
不辞台琼隔云海，归心如火化坚冰。
久客还乡倍觉亲，犹将画艺献乡人。
东坡书院人潮涌，迎宾堂里画图真：
云峰飞瀑溪水清，春江翠岫彩云轻。
雾里古松生绝壁，渔舟夕照远山青。
桥上老翁杖归晚，山山水水寓乡情。
先生之画妙何如？学得传神笔一枝。
人道摩诘诗有画，此老画里亦有诗。
春风吹拂到天涯，两岸欣开友谊花。
炎黄子孙同一本，好将携手建中华。

东坡井

城南幽僻处，坡井隐其间。
携得蜀冈水，润之黎母山。
惠深民爱切，岁久绠痕斑。
郭老来寻日，犹尝一勺甘。

辛酉除夕搬入城南新居喜赋

匆匆辞旧岁，草草入新居。
当户山千点，绕阶水一渠。
惯栽桃与李，还种菊和芙。
记得渊明语：我犹我爱庐。

秋郊晚步

不作郊游近一年，四山风物尚依然。
夕阳斜挂疏林里，芳草平铺细水边。
入耳频烦惊噪鸟，洗心犹自爱流泉。
秋来处处皆清景，归路虫声似管弦。

寄　内

记得当初新结缡，挑灯伴我写新诗。
百年恩爱曾相许，十度春风讵别离。
讲席纷忙频负约，妆台寂寞怅归期。
相思易使红颜老，寄语金闺莫怨悲。

岁暮抵家

归到乡关岁近寅，青衫检点满征尘。
闲看儿辈增欢乐，敢向慈闱说苦辛。
车马几曾劳远客，琴樽聊备度芳辰。
声声腊鼓迎春至，且喜吾庐景一新。

种　菊

一番风雨送新凉，好向东篱种紫黄。
掘土莫辞双腕倦，赏花须待九秋香。
由来俗世夸秾艳，却有高人爱淡妆。
我更喜君标晚节，数枝含笑伴重阳。

早春与以生兄登望京阁兼怀东坡先生次其韵奉和

春来乘兴共登楼，恰喜连宵宿雨收。
云海开时迎日出，烟波起处见江流。
寻芳不负诗人约，吊古翻为谪宦愁。
功过千秋原已定，先生勋业自悠悠。

马嵬坡

鼙鼓渔阳唤奈何，君王掩涕马嵬坡。
若教寿邸恩情重，岂唱香山长恨歌！

春节即事

春风庭院百花红，万幕千帘笑语中。
喜得东邻小儿女，敲门祝贺拜阿翁。

谢卓石

谢卓石，海南省临高县人。曾任县委办副主任、县文教办主任、县科委主任等职务。现为中华诗词学会会员，海南省诗词学会常务理事，临高县诗词学会会长，《临江潮》主编，著有《疾风草》和《倩女梦》。

尧龙水电

滚滚长流水，隆隆机电声。
穷山开富路，寒寨竟峥嵘。
日净万斤谷，夜明千户坪。
僻乡村落里，处处奏箫笙。

登高山岭

轻步登高岭，百花将我迎。
眼观百仞石，耳听万泉声。
红日抬头近，绿丘俯首平。
春风吹笑脸，百匝绕山行。

澹庵泉井游

胡铨，号澹庵，南宋名臣。相传他谪琼路过新盈镇博顿村时，值天大旱，人马皆渴，马跑地出水，他叫当地人深挖成井，果然泉水滚滚，当地人称为“官井”。

偕朋探古乐心扉，官井晶莹漾翠微。
往昔雄飞铭颂赋①，而今盛世建青碑。
千秋不尽甘泉涌，百姓难忘谪客归。
喝罢清泉思义士，英名昭宇似星辉。

【注】
①雄飞，即戴雄飞，博顿村人，任县督教正。

立夏夜雨

窗外风声啸，庭前碧水流。
忽闻蛙奏曲，始觉夏盈楼。

飞机上观夕阳

斜日依山映碧空，半边云白半边红。
遥看环宇鸟飞尽，惟有绮霞叠晚峰。

野草赞

根深不怕疾风吹，酷热严寒气不隳。
化作尘泥肥故土，年年春至绿茵回。

木棉树

先花后叶映阳红，我是南天一艳容。
落地花儿催白絮，丝绒飞进万家中。

常德诗墙

慕名远道赏诗墙，妙句驱疲倦眼张。
唐宋风骚今再现，万家诗艺艳沅江。

鹧鸪天·书怀

道是无缘却有缘，半由拼搏半由天。几箧书籍开心读，一世清寒抱志坚。　时有限，智无边，晨钟催我过难关。赋诗滋味知多少，垂暮宛如正少年。

谢家升

谢家升，1914 年出生，海南省儋州市人。儋中毕业，岭南大学肄业，中医师。工诗词，有名气，1988 年逝世。

旧地重游

一别临江三十年，碧流如故响溅溅。
鬓衰水讶重来客，手握街稀旧识人。
襟上酒痕犹未净，眼中风物倍增妍。
多情最是城头月，犹照更阑劫后身。

村　居

枕接流声入耳清，雨中山色倍分明。
林疏风月都无碍，榼有村醪且尽倾。
歌笑满田知稔熟，诗吟一字费权衡。
少年豪兴何曾老，句里波澜未肯平。

偶　书

少壮偏多汗漫游，芒鞋踏遍几多州。
沧浪水濯三更月，镇海楼观万里秋。
驿路晓风侵席帽，客舟残日逐沙鸥。
归来犹有关山梦，一夜京津可去留。

竹

独占庭东是此君，年来渐喜势穿云。
老枝摇曳过三丈，雏笋绕抽欲半斤。
写入新诗无俗韵，那同凡卉有浓芬。
崎岖仗尔山行去，辅我应书第一勋。

纪念苏轼贬儋八百九十周年

千载人犹说大苏，波澜词势各家无。
瘴烟适足成先哲，文教敷扬启后儒。
祠绕白云仍似宋，岛通沧海复奚虞？
有知地下公应笑，笑听今朝万众呼！

早春行新州途中

犁翻新块早烟轻，有客冲寒破晓行。
宿露未消桥带滑，春风已唤草初醒。
道旁含笑花争艳，牛背忘机雀不惊。
三五楼台溶晓色，早炊晨雾不分明。

斗室自咏

我亦长安斗室居，较他广厦又何如。
仅堪寝舍容柴榻，也当庖厨烹鲤鱼。
问字人来耕作后，论诗客送琢磨余。
竹扉虽掩仍来月，夜夜相窥总不虚。

梦上兴安步丁兆蛟先生《送贵侄远别》韵

莫谓登临可解颜，梦中犹怕上兴安。
欲寻芳草春非易，为解重棉夏亦难。
熊叫几惊人胆碎，狼嚎时迫客心寒。
醒来魂梦都辛苦，万里家山一夜还。

元　旦

一夜东风花满城，春随爆竹到无声。
太平联等千金字，婉转歌听满树莺。
眼醉郊原山水意，心牵海外弟兄情。
默期春酿明年热，骨肉同欣举巨罍。

清明怀母

痛失阿娘四十春，髫龄我亦泪沾巾。
伤心何处清明奠，更愧生前少侍亲。

芦沟桥

熄灭烽烟已十年，芦沟桥水尚腥膻。
行人莫叹空来往，无数同胞血洒鲜。

辛酉中秋

中天冷月一丸悬，两岸光分岂有偏。
俯首床前霜满地，怜他多少泪潸然。

谢景巽

谢景巽，女，1921年生，海南省儋州市人。中学退休教师。全国老年书法研究会、中华诗词学会、海南省诗词学会会员，儋州市诗联学会顾问及老年书画研究会副会长。

重返广州纪行（五首）

参观全国第九届书法篆刻展览

国展名城墨彩浓，红棉冬里展欢容。
迓来海岛霜头客，顿上巅峰赏郁葱。

观国展兼游越秀山

缘结绵绵越秀山，髫龄霜岁两登攀。
情如起伏滔滔浪，七十沧桑一览间。

游览中山纪念堂

天下为公正气横，先生革命万邦崇。
中华已把乌烟扫，倡导和谐向大同。

寻访女中母校[1]

梦里寻归无数回，一朝投抱几疑猜。
当时黄领蓝裙我，今日龙钟柱杖来。

【注】

①上世纪30年代我曾就读于原广东省立广州女子中学（现广州第二中学）。

游故思亲

求学羊城尚少年，双亲幼弟暖身边[1]。
何期国难摧家散，单独重来万绪牵。

【注】

①我读女中时，父母、胞弟三人居广州市大东路东高大道义兴园。

蔡阿舟

蔡阿舟，海南省万宁市人，1945年生。中医师。现在东方市开设中医诊所。

题邻居友人楼院

绿阴楼院锁春光，挚友聚逢索句章。
翠竹扫云启曙色，青椰傲物斗风霜。
交杯旋律惊星落，咏菊回音透骨香。
胸纳千川航道阔，金兰馥郁溢过墙。

蔡明康

蔡明康，海南省乐东县人，1936年生。曾任三亚市文联主席。海南省作协理事，海南省诗词学会副会长，著有诗集《天涯吟草》《竹心集》与散文集《斑竹横吹》《春水绿波》。

感时杂咏（十首）

风　景

堵车风景似长龙，美女惜时修艳容。
脸上加膏防日晒，又添胭粉补腮红。

剪　彩

出场剪彩做缝工，金剪一裁财路通。
不制衣裙收重价，万元笑纳耻为荣。

问　答

——写于世界杯比赛的日子里

妙传切入扣人心，站长看球真爽神。
询问几时车到站，答非所问3：0。

医　改

脑热头疼待价沽，处方小小不含糊。
CT 彩照超前酷，自作多情看大夫。

涨　声

涨声一片说丰年，大地神州分外妍。
水电油房齐暴利，又逢景点价增添。

犹　闻

学子门牌忘记时，家书何处寄相宜。
如流倒背洋人节，却忘空巢孤老栖。

厚　爱

市场经济价随吆，舐痔吮痈争中标。
却话卖官为厚爱，公权私用最时髦。

舐　猫

老鼠舐猫勿反讥，胡须掐了又摸鼻。
如今社会多元化，共构和平正适时。

啃 老

不愁生计别操心，整日泡吧作网民。
老瘪腰包颇耐挖，白头人养黑头人。

筑 路

车水马龙路自横，才修又挖显神工。
皮装一肚通灵术，我不求财财自丰。

蔡振孔

蔡振孔，海南省乐东县人，1932 年生。中华诗词学会、海南省诗词学会会员，著有《清心集》《灵感集》《荡涤集》等。

气　球

膜薄肤光腹里空，高升只靠气冲功。
如能保住皮无破，谁不低头拜下风。

推土机

铁骨铮铮发吼声，偏朝坎坷险山行。
无争世上高低事，敢铲人间路不平。

金缕曲·祭母

诀别人间久，缅音容，宛然我母，敬供清酒。忆得生前常教训，勤读诗书合友。学校里，师生情厚。立志精研争进步，效先贤，必有神明佑。牢记住，永厮守。　　高中毕业谋升缶。数春秋，离乡异地，有忘田亩。理事为民遵祖训，执政清廉不苟。严自律，人心秤斗。培后代，忠诚聪秀。示儿孙，俭朴持家阜。虔告慰，望回首。

蔡能茂

蔡能茂，海南省万宁市人，1952 年生。现任职万宁市机关事务管理局。海南省诗词学会会员。

勉女上大学

负笈偕朋上大专，青云有路敢登攀。
人生应立鹄鸿志，报国争光女胜男。

咏梅

——为抗雪灾而作

弥天大雪百花空，傲雪红梅处处浓。
严厉冰霜何所惧，敢将铁骨斗寒冬。

裴秋玉

裴秋玉，海南省东方市人，1956年生。曾任中学语文教师、民警，东方市委秘书长、市委常委，琼中县委常委等职，现任东方市人大常委会副主任。

题雅隆湖

云雾绕青峰，日高无影踪。
春归棉蕊艳，秋至泊波泓。
舟泛青山外，鸟飞绿水中。
浣纱黎寨女，歌韵荡遥空。

游猕猴洞

又是初秋野菊黄，重游溶洞味深长。
山岩百态犹仙佛，乳石千姿似女男。
更有清泉崖上过，且添玉柱半空悬。
夕阳斜印花丛影，旖旎风光在洞间。

江畔

心随孤月水中流，叶落河川入晚秋。
浪迹山林终半百，满眸烟霭尽烦愁。

夏晨

檐溜串串若倾卮，又见甘霖催绿枝。
摘得庭前紫檀叶，赠君一片好题诗。

渔家傲·题八所万人坑纪念碑

刺破苍穹挥巨笔，怒书日寇滔滔戾。恨满人间沧海泣，前朝事，在心历历今犹忆。　　血染沙滩连海碧，擎天石柱长昭示。凌辱已偕风浪去，齐努心，长城万里同心砌。

忆秦娥·梦琼中

飞瀑泻，萦怀绿果横山嶰。横山嶰，昨宵绮梦，慰前伤别。　　贪杯常伴林梢月，佳朋美酒黎歌乐。黎歌乐，蛩蛙伴奏，橡林台榭。

浪陶沙·弄潮

沧海弄方舟，戏若翔鸥。爽帆最是立潮头。恶浪喧天宜远眺，胜似柔绸。　　斩浪劈波游，凤舞旌旒。曾经豪气冠桅头。伤逝韶华心欲倦，嗟叹白头。

谭少波

谭少波，洋浦开发区人。现任职于中国有线驻洋浦办事处。儋州中华诗联学会会员。

悼佘玉全警官

一片忠诚报国身，惩凶除恶警魂存。
为民舍命真君子，不负苍生飞泪人。

谭风云

谭风云，海南万宁市人，1954 年生。曾任万宁市招商局副局长等职。中华诗词学会、海南省诗词学会会员，著有诗词集《杂咏集》。

游兴隆森林公园

林苑花溪路，湖山醉落霞。
舟行红叶渡，客谒武陵家。
奇木来寰宇，清香溢海涯。
琼州添胜迹，雅乐可铭嘉。

万宁人民公园观感

城北新园建，郊区拓景辉。
村烟连邑丽，雕柱列图威。
绮阁说麟壁，芳榈映卉菲。
溪亭堪寄望，槟榔彩霞飞。

谭季唐

谭季唐，1934年生，洋浦开发区人。曾任干警、纪检干部。中华诗词学会、海南省诗词学会会员。

春游洋浦

洋浦河山大变迁，游观风物意欣然。
野郊林立千层墅，巨港潮升万吨船。
电火如星连碧汉，油龙腾海接蓝天。
蛮乡瘴海今何在？绿树红楼耀彩烟。

中秋游洋浦神头

欣逢佳节旅神头，洋浦山川景色幽。
历历楼台沉海影，层层岩石挽江流。
苍茫天水胸怀阔，舒卷云涛眼底收。
远渡归舟歌唱晚，万家灯火闹中秋。

谭孟琪

谭孟琪，海南洋浦经济开发区人，1964年生。现任洋浦港区居委会干部。海南省诗词学会会员，儋州诗联学会会员。

洋浦生态行

春风百鸟唱枝头，芳树繁荣入翠楼。
海纳千川鱼弄景，市容万象客消愁。
庭前绿意鸳鸯梦，院后花阴紫燕游。
满目自然心喜悦，江南春色信洋洲[①]。

【注】
①洋洲是儋州的别称。

中秋寄语

月光如水荡华楼，咫海分天割肚愁。
两岸相思吞苦泪，三更惊梦尽抬头。
陆台共盼春秋燕，桨橹群推故国舟。
枝叶同根求并茂，胡连握手喜筹谋。

黎平

黎平，海南三亚人，1932 年生。干部。中华诗词学会、海南省诗词学会会员，三亚市诗联协会主席，自著《泰风诗稿》。

庐山（二首）

（一）

久慕庐山今我来，蒙蒙细雨洗尘埃。
鄱阳湖水明如镜，碧翠群峰雾未开。

（二）

雾色蒙蒙锁劲松，烟云淹盖树千重。
天生两处平湖水[①]，庐岭风光在险峰。

【注】

①平湖水是指庐林湖、如琴湖。

木棉颂

鳌岭葱茏花影重，寒冬莫畏显英风。
枝头叶落随春到，三月木棉满树红。
大地回春遍野青，繁英灼灼满枝生。
秋来吐蕾甘为絮，济困暖心鼎鼎名。

黎友合

黎友合，海南省儋州市人，1946年生。国家一级作曲家，海南省音协副主席兼理论创作委会员主任。中华诗词学会会员。

读毛主席《念奴娇鸟儿问答》（二首）

（一）

展翅鲲鹏遨太空，豪披雷电驾旋风。
掠波击水三千里，破雾穿云十万重。
揽月上天还说笑，捉鳌下海仍从容。
喜看天地今翻覆，信步长天志更雄。

（二）

蓬间小雀乱嘟哝，瞪眼斜窥太宇穹。
气急咬牙还切齿，心寒跺足又捶胸。
肥牛土豆难寻觅，琼阁仙宫渺影踪。
一枕黄粱成幻梦，竹篮打水一场空。

缅怀野鹤进士

——纪念清代进士黄河清中进232周年

辛巳恩科士巽山，官场看破藐奸权。
笼鸡有米汤锅近，野鹤无粮天地宽。
勤事教童吟学馆，余暇牵犊饮溪边。
文风诗韵流香远，傲骨犹存一指仙。

木棠春游

东风送绿地铺茵，一路芳菲欲醉人。
桑女纵歌南岭畔，牧童横笛北溪滨。
林遮水抱烟村没，径入天开碧瓦新。
世外桃源千万景，不如今日木棠春。

夜来香

纤藤巧卉小花抽，夜至香随四季悠。
宵静瞒人施惠气，何须白日出风头。

牵牛花

花似喇叭叶似心，攀缘附势术超群。
藤茎缠绕爬高位，不管他枝苦与辛。

黎训夫

黎训夫，海南省儋州市人，1959 年生。现任儋州木棠开发区办公室主任。海南省诗词学会会员。

吟 哦

几度荒原积世尘，无边风月逐流云。
塑花常盛终无味，野草虽衰底有根。
落雁秋声天地广，流萤春梦女儿分。
收成明月心头满，赊得东风摊故人。

夜吟云月湖

烟波寒月染层林，如约轻舟影渐深。
山倒湖心风作画，星浮水面夜熔金。
灯花烂漫人归慢，歌舞升平客醉吟。
枫叶多情伫岸笑，如葱春草更萌心。

椰树感怀

篱角黄昏陌上坡，路人寄语更蹉跎。
风霜留迹添寒意，乳水生香苦护呵。
云织征衣忘岁月，韵乘流火问嫦娥。
临山呼海怀天地，总是无声处处歌。

赠黎元章老师

何处春风早约君，兰园遍觉不堪寻。
青苔悠长相思满，恶竹偏生最苦吟。
秋树鸣蝉天外月，小桥流水故乡心。
虽然桃李无言谢，寄语先生海样深。

寄基广兄

闻歌感旧独凭栏，云共轻裘拥雁南。
风雨来时人正瘦，诗词成后梦平凡。
试将新韵呈灯火，突至秋声扰胆肝。
笙管楼台应此夜，几程月色到家山。

游东坡书院有感（选二）

之五

夜凉如水荡心头，面对眉山不敢愁。
一笠满藏千里汗，孤身流放两三州。
铜筋铁骨承风雨，浊酒清歌醉草楼。
赤壁回声惊海角，天涯儿女惜荒鸥。

之六

秋风猎猎献殷勤，载酒堂前觅屐尘。
古道寻君不觉晚，东园赊酒为谁吟。
夕阳无限抚金竹，明月多情惜草民。
倦旅欲吟难负重，莲池五犬吠来人。

码　头

朝含波浪夜生烟，亦海亦山一线连。
此本奇书谁不读，潮生潮落几多年。

黎玄助

黎玄助，海南省儋州市人。退休干部。

纪念岳飞

百二山河壮古今，岂容虏贼肆相侵。
黄龙未捣遭奸厄，辜负精忠报国心。

黎岛心

黎岛心，海南儋州市人，1926年生。1949年参加革命。儋州市诗词学会会员，著有《诗联民歌选集》等。

清明忆旧（二首）

（一）

英雄浩气壮波澜，百战沙场未等闲。
一纸丹书心耿耿，千秋功绩血斑斑。
将悲买笑人间暖，以死求生社稷安。
留得忠魂昭日月，芳名万古照春山。

（二）

革命征途苦斗中，丹心报国为民终。
丰碑永志英雄迹，青史长铭壮士功。
血洒青山培劲草，骨埋黄土育苍松。
九泉应慰忠魂愿，赤县江山处处红。

月夜赏盆景

春风披拂花迎月，花睡盆中月自清。
花醒月斜人入梦，月花相伴待天明。

西湖荡舟

西湖如镜晚风香，两岸弦歌阵阵扬。
柳拂游人传笑语，龙舟轻荡入天堂。

黎良镇

黎良镇，海南省琼海市人，1934年生。海南省地矿局退休干部。海南省诗词学会会员。

人月圆·探矿喜报

飞舟欢载台山月，月伴丽人行。胸怀似海，激情如浪，谈笑风生。　女郎歌唱男吹奏，远景颂光明。矿苗两岸，珠玑遍地，喜报羊城。

黎庶安

黎庶安，海南省儋州市人，1932年生。曾任中学校长、市教育局长、市委宣传部副部长等职务。中华诗词学会会员，儋州市中华诗联学会顾问，著有诗词《晚霞集》等。

三亚亚龙湾

风光独特亚龙湾，沙白山青水湛蓝。
滩上游人怡妙景，空中曳伞乐开颜。
轻舟破浪花飞溅，潜水看鱼客忘还。
千里波涛天际涌，夕阳西照色斑斓。

西沙行

云低海阔好风光，天水相连一线镶。
树木丛中归鸟集，礁瑚岛里靓鱼翔。
捕捞船只浮天际，巡视舻群卫国防。
景美西沙人更美，守疆子弟志高昂。

野花吟

野外红花岂一枝，风餐露宿世人知。
终年喜得三光照，四季欣闻百鸟啼。
暴雨侵凌犹吐蕊，旱魔肆虐尚雄姿。
春回大地生机勃，乐与平原绿草居。

送孙女上学

鸡窗励志十余年，雁塔题名梦始圆。
当念园丁勤灌溉，莫忘父母苦周旋。
专心拼搏酬宏愿，致志攀登达顶巅。
学有所成先报国，勇为时代谱新篇。

北岸石

北岸多岩石，质坚姿态雄。
地偏人未识，早立补天功。

回乡有感

黑发离乡白鬓回，村中新景乐开怀。
家家皆有摇钱树，尽是三中会后栽。

黎瑞麟

黎瑞麟，海南省儋州市人。退休小学教师。儋州市中华诗联学会会员。

园丁吟

年去年来恋小园，衣单食薄自温存。
编篱不让西风扰，沐雨唯期小卉繁。
日赏芳菲香满圃，夜归苜蓿喜盈盆。
劬劳只为人间美，不管微熹与暮昏。

戊子迎春曲（三首）

（一）

解帐归来迹隐庐，当年书剑已生疏。
敲诗未有江花笔，索句常翻枕畔书。
荏苒光阴年转子，复周时令岁逢初。
松梅作伴相辉美，竹舍柴扉也适居。

（二）

陋巷贫居少远亲，琴棋作伴净无尘。
春寒不减诗肠热，家窘难赊席上珍。
知足安贫人自乐，素心难解物生新。
是谁催醒黄粱梦，卡拉声声听入神。

（三）

流曲悠扬彻五更，喜逢新雨晚来晴。
一行发展多门路，两制疏通细柳营。
银管欲陈天下事，大椽难写世间情。
东风浩荡污尘散，遥望中天日月明。

颜桂枝

颜桂枝，海南省临高县人，1943 年生。中专高级讲师。历任中学校长，师范学校副校长、代校长等。

“艺术之乡”赞（二首）

（一）

滚滚文澜逐浪波，农丰海富米鱼多。
方言偶剧千年唱，喜获殊荣奏颂歌。

（二）

民歌偶剧舞婆娑，观后沉思费揣摩。
先辈流传多杰作，试探后学究如何。

抗雪灾有感（二首）

（一）

千里冰封腊月天，客流千万困山间。
人寰自有真情在，除雪途通乐过年。

（二）

突飘暴雪祸灾行，线断架崩出险情。
路陡天寒何所惧，开春已见万家明。

潘 培

潘培，海南省万宁市人，1959年生。万宁市第二中学教师。中国教育学会音乐专业委员会会员，海南省音乐专业委员会理事，万宁市音乐协会副主席、秘书长，万宁市诗词学会会员。

乡 恋

故园情似海，回首忆峥嵘。
昼饮三湾水，夜眠半岛风。
轻舟摇日月，热血写秋冬。
百里云山阻，乡思越九重。

江南行

久慕天堂美，春风伴我游。
二泉生皓月，西子泛仙舟。
野鹭随波起，江花醉客留。
越吴多盛事，一派水悠悠。

无　题

心约烟波上，黄昏喜泛排。
放歌追日落，飞燕驾风来。
星月知寒暖，云山识忭哀。
重温年少梦，情共浪花开。

观万宁市第二中学古诗词接力赛晚会有感

今宵光景异，月下诵声繁。
桃杏芳惊苑，松梅气动山。
宋唐留绝唱，李杜有新传。
一夜东风起，春江水染蓝。

潘正照

潘正照，海南省文昌市人，1947 年出生。1963 年初中辍学后一直在家务农至今。文昌市中华诗词学会理事。

读《有感》《重有感》诗后

经年往事忆犹新，笑貌音容入梦频。
疑是浮云遮碧落，孰知暴雨毁青莲。
沉诗病酒穷时日，佳节良辰感万千。
幸喜乡山多绿意，有知泉下应坦然。

游椰林湾百莱玛度假村

椰乡秀色甲神州，独特风光醉客游。
十里林涛腾瑞阁，一泓碧水泛轻舟。
凌波逐浪情无已，把酒观潮兴更稠。
度假沙龙生妙趣，人间仙境复何求。

游清澜港

浩渺波涛走白虹，曦光初照日融融。
银舟竞发七洲去，碧浪翻腾四海通。
两岸青椰连古渡，一行白鹭击苍穹。
水天极目心舒阔，北望燕云驾远风。

满庭芳·海南第一届国际椰子节

出世凌空，扶摇凤尾，扫尽碧落浮云。芳姿绰约，叠翠沐南薰。酿就万壶琼液，香馥郁，酣醉千村。凝眸处，茫茫林海，今日挹春匀。　　金椰，欢有节，宇环载誉，佳气氤氲。海外数奇珍，佳果名闻。犹喜资源富足，椰乡特，堪悦嘉宾。争先进，跻身世界，宝岛贺鹏鲲。

潘劲业

潘劲业，海南省万宁市人，1936年生。海南省诗词学会会员。

咏港门泷

神州半岛港门泷，峭壁飞烟上九重。
巧造银河悬瀑布，遥观奇景散花峰。

潘源清

潘源清，1937年生，海南省儋州市人。曾任医院院长。儋州市中华诗联学会会员。

春 燕

春回紫燕柳烟迷，上下双飞忙啄泥。
为筑新巢齐效力，黎明忙到夕阳低。

薛 夫

薛夫，1951 年生，海南省儋州市人。儋州市中华诗联学会会员。

赞杂交水稻之父

——袁隆平院士

育种天涯数十秋，汗浇田满穗盈畴。
平生戴德能容物，善解民生腹里愁。

薛 芒

薛芒，1934 年生，海南省儋州市人。曾任小学校长。

深 秋

稻海金波遍九畴，农家又喜得丰收。
天边雁整镰刀队，肯与人间收割不？

咏春耕

恐后争先闹水乡，田家处处竞分秧。
儿童也解家人意，奔走田头送饭忙。

薛凤朝

薛凤朝，1921年生，海南省儋州市人。民国高等小学毕业。1979年去世。

吟李子长闲居百咏后题

等与人间乐不同，愈加贫困愈从容。
不禁丝竹随流俗，且把闲愁付酒盅。
单管收留香翰墨，敝庐不改旧家风。
恭承鲁论贫而乐，一任人传老秃翁。

薛必若

薛必若，1918 年生，海南省儋州市人。2000 年去世。

初 夏

九十春光料峭多，不如初夏气清和。
芸窗睡起无情思，闲听金蝉树上歌。

薛荣佐

薛荣佐，1952 年生，海南省儋州市人。小学高级教师。儋州市诗联学会会员。

观看电视《火烧赤壁》感咏

一炬弥烟半壁空，神机妙祭破奸雄。
沧桑几度风流去，依旧江山斗柄东。

戴诒智

戴诒智，1930年生，海南省儋州市人。高级教师。儋州市中华诗联学会会员。

猫头鹰咏

容貌威棱衣若僧，哀声夜厉惹人憎。
能除鼠害功劳大，赢得芳名世上评。

魏宗周

魏宗周，1902年生，海南省万宁市人。1922年考进广东省立第六师范学校，当选琼崖学联理事长。曾任共青团琼崖地委秘书、万宁县团委书记、中共琼崖特委候补委员。1931年被捕入狱，1937年获释。建国后，历任万宁县人民政府秘书、文教科长、万宁中学副校长、县政府副县长、县政协副主席等职。1993年去世。

凭吊梁达理墓（1938年）

撒手人寰十载强，伤心孤雁不成行。
遗容回忆兼惆怅，旧事重提撩痛创。
往日楼台销甲帐，弥天风雨哭家乡。
雄心未遂平生愿，空向秋风吊夕阳。

日寇占琼，目睹山河破碎，民不聊生，心有所慨，借作《晚春》诗四绝（1941年）

（一）

春去人间何太匆，百般绝艳已成空。
一年能有几时日，尽在昏昏醉梦中。

（二）

又是一年春了时，李桃花冷柳飞丝。
多情最是东流水，镇日江头诉别离。

（三）

落红片片赴春泥，惹动游人惜艳姿。
休怨东风不着意，自家狂荡自家知。

（四）

世事沧桑感劫尘，静观始见幻中身。
人生有酒尽须醉，来岁花开别一春。

庆祝海南解放（1950 年）

大军疑是自天来，岛上挥戈匪势摧。
草木欣逢新雨露，江山不复旧楼台。
千年古国现奇迹，百变妖狸惊烈雷。
廿载愁云今一扫，万家黎庶笑颜开。